동경

사랑밖에 난 몰라

임태리 장편소설

동경

사랑밖에 난 몰라

임태리 장편소설

달아실

차례

세상에 없지만 여전히 내 안에 있는 동영에게

1장. 거짓

> 알고보면, 사랑은 일종의 '초기증상'이었다. (…) 봄날이 다 갈 때까지, 너는 그 이름조차 알지 못한 채, 오직 그 질병의 초기증상만으로 울고 웃으리라.
> —김영민, 『사랑, 그 환상의 물매』

아주 이상한 일이다. 나는 힘들다고 말했다. 심장이 빨리 뛰고 숨이 잘 안 쉬어져요. 양손이 떨리고 불안하다니까요. 온갖 환자들이 줄지어 우는 소리를 내는 곳에선 나도 그저 한 명의 환자일 뿐이었다. 나와 같은 고통을 느끼는 사람들과 함께 있다고 해서 달라지는 건 없었다. 공감과 이해 같은 건 애초에 존재하지 않았다. 타인의 아픔 따위를 신경 쓸 겨를이 없었다. 나는 내가 중요했다. 그러나 나는 나조차도 신경 쓰지 못했다. 몸을 가만히 둘 수가 없었다. 그저 그 시간이 빨리 지나가기만을 기도했다. 종교 있어요? 아뇨. 숨이 막힌다. 목까지 차올라서. 아. 아아. 죽을 것 같다니까요.

나는 글을 잘 쓰니까 괜찮잖아. 사람은 뭐든 잘 하는 게 있다는 사실이 중요해. 남들보다 뛰어나야 살기 편한 세상이니까. 나는 연기도 조금 하는 것 같아. 글쎄 노래도 나쁘지 않게 하는 것 같은데 말이야. 왜, 왜 나는 작가도 아니고 배우도 아니고 가수도 아닐까? 왜냐고? 세상에는 글을 잘 쓰는 사람도, 연기를 잘 하는 사람도, 노래를 잘 하는 사람도 넘치잖아. 있잖아, 동영아. 너는 그중에서도 공부를 잘 하는 사람이었잖아. 그러니까 그렇게 커다랗고 멍청한 의자에 앉아서 하루 종일 종교나 물어보고 있지. 멍청해. 정말 멍청해. 너도, 나도. 이 세상 사람들은 다 멍청한 것 같아. 야, 듣고 있니? 너 진짜 지독하다.

"나, 너 때문에 정신병 걸릴 것 같아."

"걸려."

"뭐?"

"너도 정신병원 가면 되지."

김동영이 눈깔을 부라린다. 먼지 한 톨 없는 밤색 테이블 구석에 자리한 티슈 한 장을 뽑아 든다. 새하얀 티슈 한 장을 내 앞에 내려놓는다. 내미는 것도 아니고 내려놓는다. 꼴 보기 싫으니까 알아서 하라는 거지. 이런 놈도 의사를 한다. 세상은 불공평하다. 나는 착하게 살았다. 화도 안 내고. 맨날. 맨날. 참고. 또 참고. 생각하고. 생각만 하고. 그러다가 혼자 쥐새끼처럼 숨어서 울고. 이럴 때마다 사람이 싫어진다. 어쩌면 살기가 싫어지는 건지도 모르겠다. 똑똑해서 좋겠다. 의사여서 좋겠다. 사람들은 네 앞에 앉아서 죽고 싶다, 죽이고 싶다 하겠지. 그럼 넌 티슈나 내밀면서 대답만 해주면 되니까. 종교 있어요?

넌 어떤 사람이랑 결혼하고 싶은데? 굉장히 고모할머니 같은 질문이네. 명절만 되면 세상 모든 친척들이 그렇게 물어본다잖아. 결혼은 언제 하니? 나 때는 말이야 네 나이에 애를 낳았고 뭐가 어쩌고저쩌고 말하잖아. 그러고 나서는 한탄을 하지. 남편은 쥐꼬리만 한 월급을 가져온다. 옆집 누구네 아들은 의대를 갔다던데. 우리 집 애들은 이 모양 이 꼴이다. 드라마에서 본 장면들을 나열한다. 섣부른 언어를 내뱉다가 잠시 생각한다. 어, 너잖아?

"그러니까 너 같은 애들 때문에 나 같은 평범한 애들이 고통받는 거야."

"그게 내 탓이라고?"

"그럼 내 탓이야? 너도 내가 한심해? 머리도 나쁘고 할 줄 아는 것도 없어 보이니까 막 안쓰럽고 불쌍하고 저렇게는 살지 말아야지 싶어? 당연히 넌 나처럼 못 살아. 넌 의사니까. 종교 있어요? 결혼은 할 거예요? 이딴 고모할머니 같은 질문만 늘어놓는."

복사기가 둔한 기계음을 내며 움직인다. 하얀 건 종이고 검은 건 글씨. 종이에서도 약 냄새가 난다. 가습기 냄새. 가습기도 냄새가 있나? 소독약 냄새. 아니다. 정신병원에선 소독을 하지 않으니까. 왜 소독을 안 해주지? 뇌도 꺼내서 씻고 넣고 하면 얼마나 좋아.

의사와 기 싸움을 잔뜩 하고 나오면 복사기가 뱉어낸 처방전이 나온다. 아침 약은 지금 드시고, 저녁 약은 여덟 시쯤에 드세요. 이럴 때 하는 대답. 네. 웃는 표정은 필수다. 왜? 웃는 얼굴에는 침 못 뱉는다니까. 이 사람들이 설마 나한테 침을 뱉을 일은 없겠지만, 설마가 사람 잡는다고 하니 믿어보기로 한다. 웃어. 일단 웃어. 네^^. 말꼬리도 늘려. 그래야 상냥해 보이니까. 그래서 나온 대답. 네^^~.

약 봉투를 회색 후드 앞주머니에 구겨 넣고 위층으로 가는 엘리베이터 버튼을 누른다. 2층에 가려는 발걸음이 무거워 인간의 발명품에 몸을 맡긴다. 고작 2층에 가는데 엘리베이터를 타는 건 적잖은 민폐라는 말을 들은 적이 있는 것 같다. 어쩌라고. 엘리베이터에서 내리자마자 얼룩진 복도에 노랫소리가 들린다. *괜찮아 잘 될 거야 우리에겐 밝은 미래가 있어. 혼자라고 생각 말기 힘들다고 울지 말기.* 이 시간에 노래방에 가면 우울하거나 슬픈 노래 혹은 자신을 위로하는 가사밖에 들리지 않는다. 이 사람들아, 힘들면 정신과를 가세요. 물론 의사가 나와 같이 울어주진 않아요.

자판기에 오백 원을 집어넣고 생수 하나를 뽑는다. 덜컹하고 둔한 소리를 내며 생수를 떨군다. 쪼그려 앉아 차가운 생수를 꺼낸다. 물을 머금고 약 봉투를 뜯는다. 입에 넣은 약을 급히 삼킨다. 약을 급하게 삼키면 시한부 인생을 사는 드라마 속 주인공이 된 느낌이 든다. 매일같이 웃기지도 않은 쇼를 한다는 걸, 아는 사람이 없어서 다행이라는 생각을 한다. 인간은 믿음에 따라 변한다. 약은 겨우 식도 밑을 내려가고 있다. 그럼에도 정신없던 몸이 진정되는 기분이었다. 원효대사 해골물. 작은 방에 들어가 노래방 리모컨을 만진다. 신곡 연습. 인기 차트. 버튼을 손톱 끝으로 하나씩 꾹꾹 누르다가 이내 한 곳에서 멈춘다. 미워요. 김동영과 처음 노래방을 간 날에 같이 불렀던 곡이다. 예약 버튼을 누르니 전주가 흐른다. 기계 속 자막이 파란색으로 변한다. *웃으*

라 하지 말아요. 잊으라 하지 말아요. 개 웃겨. 내 모습이 웃겨서 웃었다.

노래방에서 나와 담배를 꺼낸다. 문득 의문이 들었다. 포털 사이트를 검색한다. 정신과 약을 복용하면서 담배를 피워도 되나요? 정신과. 약. 담배. 도통 섞이기 어려운 단어를 두고 고민하다가 답변이 달리기도 전에 담뱃불을 붙였다. 안 되면 어쩔 건데.

집에 들어와 그대로 바닥에 누웠다. 하얀 대리석 바닥이 등짝에 붙었다. 누워서 보는 몸은 언제나 신비롭다. 남들이 볼 수 없는 걸 볼 수 있다. 이를테면 심장이 움직이는 것. 초 단위로 가슴이 올라왔다가 내려가는 모습 따위를 관찰한다. 숨이 막히고 불안한 감정에 얽매여 있었을 때, 객관적으로 말해 우울증에 걸렸을 땐 누군가를 죽이고 싶었다. 지금은 이러다 죽으면 어떡하지? 라는 생각이 먼저 든다. 공황장애와 함께 동시에 불안장애까지 끌어안았다. 내일 가서 동영이한테 말해줘야지. 죽어도 상관없을 것 같다는 생각을 했다고. 그럼 김동영은 질문할 거다. 종교 있어?

밤이 되면 글이 쓰고 싶어진다. 꼭 미치광이 같다. 머리에서 막. 막. 막. 그래. 글이 굴러다니는 것 같다. 대사도, 지문도. 동사. 조

사. 부사. 명사까지 혈관 곳곳을 휘젓는다. 아! 동영이는 명사를 닮았다. 이를테면 뽀뽀. 뽀뽀가 명사가 맞나? 무슨 상관이야. 어쨌거나 닮았다. 좋은데 부족하다. 무엇인지 모르게.

“동영아.”

“응.”

“너도 내가 미친 것 같아?”

“아니.”

차가운 아일랜드 식탁 앞에서 턱을 괴고 의자를 뱅뱅 돌렸다. 동영이는 회색 러그에 앉아 책을 읽었다. 의자를 놔두고도 러그 위에 앉는 습관은 도무지 고쳐지지 않는다. 어딘가에 앉아 책을 펴면 족히 세 시간은 움직이는 법이 없다. 병원에서도 그렇고 집에서도 그런다. 연애 소설이라도 읽나 싶어 실눈을 뜨고 책 표지에 초점을 맞췄다. **짜라투스트라는 이렇게 말했다.** 제목도 웃기다. 짜라투스트라가 누군데 말한 것까지 책으로 나와? 그리고 그걸 김동영이 읽어? 바로 앞에서 떠드는 내 말도 안 듣는데? 다음 생에는 짜라투스트라로 태어나야지. 언제나 그렇듯 말도 안 되는 생각은 머릿속을 번잡하게 만든다.

"동영아."

"응."

"나 다음 생에는 짜라투스트라로 태어날까?"

김동영이 오른쪽 눈썹을 살짝 올린다. 미간에 순간 주름이 졌다 사라진다. 이상한 버릇이다.

"그럼 내가 말하는 거 들어줄 거야?"

"지금도 듣고 있어."

"내가 방금 무슨 말했게?"

"다음 생에는 짜라투스트라로 태어난다고."

"대답은?"

"지금도 듣고 있으니까 그러지 않아도 된다고."

"담배 피워도 돼?"

김동영은 가볍게 턱짓하고는 다시 짜라투스트라로 돌아갔다. 싸구려 슬리퍼를 질질 끌고 거실을 가로지른다. 파란 반팔 티에 검정색 반바지를 입은 모습이 유리창에 비친다. 그 모습을 보기가 싫어 베란다 문을 열었다.

차가운 바람, 어두운 하늘. 먼지, 공기. 연기를 뱉는다. 흩어진다. 차가운 바람, 어두운 하늘. 먼지, 공기. 사라진다. 냄새만 남았다.

아, 동영이는 옷에 담배 냄새 배는 거 싫어하는데.

처음에는 에세이를 쓰고 싶었다. 그런데 망했다. 그다음엔 애절한 로맨스를 쓰고 싶었다. 사랑을 알아야 로맨스를 쓰지. 판타지를 써볼까 했다. 이미 다 있단다. 화가 나서 스릴러를 썼다. 사실 스릴러도 아니다. 내 머릿속을 글로 나열했다. 별 욕을 다 써놨다. 미친 새끼. 개새끼. 죽여버릴 새끼. 그제야 만족스럽다. 더 자극적인 걸 써야지. 나는 내 우울을 사랑하니까.

불 꺼진 캄캄한 방에서 무드등 하나만 켜고 글을 썼다. 방의 일부분만 환해진다. 하얗게 페인트칠 된 침대 헤드와 회색 베개, 창문의 눈을 감긴 회색 커텐까지가 무드등이 밝히는 전부다. 사실 그게 방에 존재하는 전부다. 무드도 없는데 무드등이란다. 얼어죽을 무드. 선명한 것은 노트북 불빛뿐이다. 주황색 무드등 옆에서 백색 화면을 보며 키보드를 두드린다. 손가락이 찌뿌둥하다. 기지개를 켜다 일순간 문장 하나가 머리를 스친다. 세상엔 우울증인 걸 알면서도 병원을 안 찾는 사람들이 많아. 남들도 다 그렇게 사는 줄 알아서 그래. 김동영이 한 말이다. 그럼 이 세상 사람들은 다 우울증이란 말이야? 내가 물었다. 그건 아니지만. 김동영이 대답했다.

커뮤니티를 새로고침하자 글 하나가 올라왔다. 나 지금 죽을 거야. 이게 마지막 글이야. 무의식적으로 제목을 클릭했다. 이미 이 세상 사람이 아닐지도 모르는 사람의 글에 댓글을 단다. 죽지마. 나도 그랬었는데 이제 괜찮아졌어. 너도 곧 괜찮아질 거야. 힘내. 구구절절 영혼 없는 댓글이 안쓰럽다. 그리고 3분 뒤에 답댓이 달린다. 네 덕에 마음을 다잡았어. 고마워. 나 열심히 살아볼게. 나는 그 글에 또 답댓을 남겼다. 내가 정신과 약을 먹고 나아졌는데 시간 있으면 한번 가봐. 전화번호는 공일공……. 응. 꼭 가볼게. 고마워! 노트북을 닫는다. 김동영한테 밥 사달라고 해야지.

"동영아."

"하루에 세 번만 불러."

"동영아. 동영아. 동영아."

"왜?"

"내가 병원 홍보했어. 병원 약 먹고 우울증 다 나았다고 했어."

"거짓 홍보하지 마."

잘 해줘도 뭐라 한다. 근데 못 해줘도 뭐라 한다. 맞춰줄 장단이 없다. 내가 약을 잘 먹었을 때만 내 이름 불러준다. 이건 비밀이지만 글을 쓸 땐 약을 전부 버린다. 약을 먹으면 글이 안 써지니까. 생각이 났다가도 노트북만 켜면 생각이 다 사라지니까. 생각해보니 약은 뇌한테 아무것도 하지 말라고 명령하면서 내 정신세계를 정지시키는 물체 같았다.

"응. 그래도 진짜 오면 나 맛있는 거 사줘잉."

혀를 반으로 접어 애써 애 같은 말투를 쓴다. 근데 동영이는 이런 거 제일 싫어한다. 다 큰 성인이 뭐 하는 짓이냐며 타박한다. 왜 매번 난리야? 우리 동영이는 내 맘도 몰라주궁.

열두 시가 땡 치면 우린 잔다. 손만 잡고 잘게. 이런 말도 안 한다. 왜냐면 손도 안 잡으니까. 사실 난 안 잔다. 동영이가 잠드는 걸 지켜보다가 노트북을 켠다. 그리고 메모장을 켠다. 4월 4일, 오늘의 일기. 다음 생에는 짜라투스트라로 태어나야겠다. 끝.

아침이 되면 김동영은 토스트 두 개를 구워놓고 나간다. 약도 두고 간다. 내가 약 버리는 거 알면서도 그런다. 그래도 이따 병원에 갈 거다. 동영이를 만나러. 한번은 동영이에게 물었다. 내가 이렇게 오는 거 싫어? 아니란다. 쉬는 시간 같아서 좋단다. 나는 쉬는 시간 전해주러 가는 거다. 습기에 눅눅해진 토스트를 우걱우걱 씹으면서 생각한다. 오늘은 뭘 입고 병원 로비를 밟으러 갈까? 그때 김동영의 검은색 핸드폰이 또롱 소리를 내며 울린다. 에잉. 동영이 폰 두고 갔네. 액정 필름은 물론이고 케이스도 끼워지지 않은 핸드폰을 들었다. 기본 배경화면이 설정된 핸드폰 속 문자를 확인한다.

오늘의 핑계.

김동영은 똑똑하다. 오늘은 폰 주러 가는 거다. 두 시간 동안 고민하다 추리닝을 골라 입었다. 짜장아, 오늘도 집 잘 지켜야 해. 야옹. 우는 입이 붙었다 떨어진다. 더불어 살아가는 시대에 반려동물 키우는 게 뭐가 어떠냐며 김동영이랑 싸웠다. 김동영은 동물을 무서워한다. 그래서 토론까지 갔다. 강아지는 주민들이 못 키우게 할 거야. 햄스터는 아프면 동물병원 찾기가 힘들어. 앵무새? 날아가면 어떡해? 고양이는 털 빠지잖아. 한참 싸우다가 성질이 나서 그냥 집에 짜장이를 데리고 와버렸다. 너 어차피 검은 옷만 입잖아. 얘, 검은 털이라 붙어도 티도 안 날걸. 이름은 뭘로 하지? 짜장이. 질색을 하던 김동영이 지은 이름이다. 닮지 않게 귀여운 어감을 선물했다.

테이프에 짜장이 털을 옮겨 붙이고 현관문을 열었다. 닫기 전 문틈으로 고개를 넣어 짜장아 안녕, 하고 손을 흔드는 것도 잊지 않았다. 야옹, 한다. 이젠 고양이랑 대화도 가능해졌다. 내가 집에 없는 게 더 편하다는 뜻일 거다. 엘리베이터를 기다리는 동안 귀에 에어팟을 꽂았다. 효과음을 내면서 연결된다. 노래는 틀지 않는다. 아이팟으로 도로록 휠 돌리던 시절이 좋았다. 모두가 미키마우스 엠피쓰리 들고 다닐 때, 난 은색 아이팟 휠을 돌렸다.

본새에 죽고 사는 본능은 어릴 적부터 유난이었다.

버스정류장에 서 있는 사람들은 죄다 핸드폰과 전광판만 들여다본다. 버스가 도착하면 단체로 고개를 돌리는 게 인간형 미어캣 같다는 부질없는 생각을 한다. 미어캣이 버스를 보고 고개를 돌리는 터무니없는 상상은 정말이지 아무런 영양가도 없다. 상상조차 지루해지면 밀린 카톡을 확인한다. 친구들이, 정확하게는 김동영의 친구들이 단체 채팅방에 보내놓은 텍스트를 읽는다. 부장 개새끼. 팀장 미친 새끼. 대표 망할놈. 카톡만 보면 이 세상에 제정신인 상사가 없다. 대부분의 사람이 우울증에 걸렸으면서 남들도 다 그렇게 사는 줄 알고 병원에 안 온다는 김동영의 말이 이해가 됐다. 다행이다. 난 욕할 상사 새끼 없으니까. 백수 내 인생 파이팅! 난 또 주먹 쥐고 나를 위로한다.

버스에 올라타서 미처 다 못 본 카톡을 훑는다. 안녕으로 시작된 문장이 낯설다. 잘 지내? 뒤에 이어진 문장은 미치도록 낯설어서 머리가 핑 돌기까지 한다. 안녕하냐는 건가. 안녕은 반말이고, 잘 지내? 는 형식적인 인사말이다. 눈에 띄게 떨리는 손가락으로 액정을 터치해 이름을 확인했다. 땀에 젖은 손가락으로 답장한다. 응. 종석아. 무슨 일이야? 메시지 옆 숫자는 사라지지 않는다. 홀드 키를 눌러 까매진 액정 속 내 얼굴을 들여다본다. 내가뭘잘못했지갑자기나한테왜연락을했지이상한부탁을하면어쩌지나거절못하는데핸드폰을꺼놓을까번호까지갖고있는건아니겠지.

동영이와 할 말이 생겼다.

안녕하세요. 내가 인사하면 오늘은 일찍 오셨네요, 라는 대답이 돌아온다. 이 병원의 창문 하나쯤은 내가 달아줬으니 하나 정도는 깨도 되지 않을까? 라는 생각을 해본다. 아무래도 안 될 짓이다. 내 생각의 99.9%는 실현되지 못한다. 종석이가 했던 말이 생각났다. 넌 개호구 새끼야.

안녕. 난 개호구 새끼야. 문을 열고 들어가면 김동영은 두 눈을 감은 채 왔어? 한다. 그럼 난 등받이도 없는 의자에 엉덩이를 붙인다. 이 의자 만든 놈은 평생 등받이 없는 의자에만 앉게 해야 돼.

"동영아, 나 오늘은 진짜 할 말 있어."

“뭔데?”

“종석이한테 연락 왔어.”

“잘됐네.”

김동영은 펜 꼭지를 눌렀다 뗐다를 반복한다. 딸깍딸깍 소리가 정신없다. 뭔가 못마땅할 때 나오는 버릇이다. 정돈된 손톱으로 책상을 탁탁 치기도 하고 빈 종이에 정신없이 뭔가를 적기도 한다. 동영아, 마음에도 없는 소리 하지 마. 진심이야. 에엥, 아닐 텐데?

2장. 인사이드

말은 한 사람의 입에서 나오지만, 천 사람의 귀로 들어간다. 그리고 끝내 만 사람의 입으로 옮겨진다.
—이기주, 『말의 품격』

현재를 만들어낸 과거는 참혹하다. 십 원에 한 대. 칠공팔공 세대 드라마에나 나올 법한 멘트를 이천년 대에도 듣게 되다니, 여간 당혹스러운 광경이 아닐 수 없다. 주머니에 있는 오백 원이 비참했다. 십 원에 한 대면 오백 원이면 몇 대야? 십 원이 열 개면 백 원이니까 나는 그럼 오십 대를 맞는 거야? 그것도 햄버거 체인점에서 오백 원짜리 아이스크림을 먹다가? 어떡해. 어떡해. 주머니에 꽂아 넣은 손에 동전 냄새가 스며들 때쯤, 내가 빌려줄까? 하는 목소리가 들려온다. 삥 뜯으러 온 양아치들에겐 이름하여 넌씨눈 같은 사람. 나 같은 사람에겐 눈치는 조금 없지만 착한 위인이 나타난 것이다. 초대받지 못한 손님의 느낌으로 말이다. 그래도 좋은 멘트다. 내가 해볼 걸. 오백 원 빌려줄까? 겁이 많은 나는 물론 속으로만 생각했다.

그리고 침묵.

하하. 반장 왜 그래. 아냐, 우리 돈 있어. 그냥 우리 반 친구라서 장난친 거야. 내 주머니에 있는 오백 원을 발견했다면 오십 대를 때렸을 양아치들이 반장의 어깨를 툭 치며 웃는다. 반장도 같이 웃는다. 왜 웃는지 모르는 건 나뿐이다. 함부로 끼어들지도 그렇다고 빠지지도 못한다.

"왜 웃어?"

속마음이 가끔 입 밖으로 내뱉어질 때마다 나는 자살을 결심한다.

그리고 다시 침묵.

"그냥."

반장이 말한다. 그냥. 대답하기 곤란한 질문이나 상황이 생겼을 때 우리는 그냥, 이라고 말한다. 근데 반장이 지금 곤란한 상황인가? 내가 보기에 반장은 호랑이다. 생긴 건 안 그런데 표범 같은 양아치들을 상대로 웃고 있으니 호랑이다. 근데 호랑이가 표범을 이기던가? 하여튼. 아, 근데 반장은 착한 사람인가? 반장이니까 착하겠지. 지금 나를 도와주고 있잖아.

"근데 친구야?"

"나?"

"재네 생각보다 나쁜 애들 아냐."

약육강식. 호랑이가 토끼에게 말한다. 표범 재네 나쁜 애들 아냐. 그때 왜 갑자기 동화가 생각났을까. 영리한 토끼가 한겨울에 호랑이 꼬리를 물에 넣어 얼게 한 후 도망갔다는 멍청한 전래 동화. 원래 왕을 이기면, 그 사람이 왕이 되는 거잖아. 동물의 왕국에서는 그러던데?

"동영아."

"응."

"돈 있어?"

"빌려줘?"

"아니. 나 지금 삥 뜯는 거야. 나오면 십 원당 한 대야."

다리에 힘이 풀린다. 못된 것만 배워서. 이럴 때 쓰는 말이다. 단단히 잘못됐다. 도둑질도 해본 놈이 한다고 했다. 이 버러지 같은 현실에서 오십 대가 맞기 싫어 땀나는 손으로 꼼질대며 동전을 쥐고 있던 내가 감히 용기를 낼 일은 아니었다.

"성범아."

햄버거 세트를 들고 자리로 가던 성범이를 부른다. 성범이가 멈춘다. 방금 전까진 사람 같았는데 이젠 나무 같다. 인형극 속 견고하게 깎아진 목각인형 같은 움직임이다.

"왜 동영아?"

왜. 동. 영. 아. 네 글자가 기계같이 이어진다. 말하는 인간형 로봇. 목각인형이 말을 하니 고철 덩어리 로봇이 됐다.

"내가 지갑을 잃어버렸거든. 버스 요금이 부족해서 그러는데, 혹시 돈 있어?"

성범이는 햄버거 세트를 빨간 원형 테이블 위에 올려놓곤 교복 바지를 뒤진다. 만 원 한 장이 주머니에서 나온다. 버스비로 누가 만 원을 쓴다고. 동네 일주하겠네. 고마워 성범아. 반장의 인사는 그게 전부고. 응, 반장. 성범이의 대답은 이게 전부다. 응. 반. 장. 기계는 다시 목각인형이 되어 걷더니 인파 속에서 비로소 인간의 형태로 돌아갔다.

친구야 삥 뜯지 말고 이렇게 부탁을 하면 되잖아. 반장이 말한다. 나를 도와줬을 때나 반장이지 이젠 김동영이다. 김동영. 반장. 호랑이. 양아치한테 오백 원을 헌납할지언정 저 세 단어가 함축된 인물은 마주치지 말자고 손에 든 아이스크림이 다 녹아 흘러내릴 때까지 백 번을 읊었다.

그 후로 김동영은 매일같이 나한테 아는 척한다. 안녕. 친구야. 잘 지냈어? 다른 애들한테는 혁진아 지호야 준민아 하면서 나한테만 친구야, 한다. 영화를 너무 많이 본 것 같다. 어느 날 갑자기 옥상으로 따라오라고 할까봐 무섭다. 김동영이 인사하면 난 어설프게 손을 흔든다. 어엉, 안녕. 그럼 반장 옆에 있는 혁진이 지호 준민이가 웃는다. 로봇이야? 아니. 그럼 각목이야? 아니. 쩜쩜쩜. 말꼬리가 늘어진다. 성범이가 생각난다. 그날 성범이를 호구 같은 놈이라고 생각한 나를 자책한다.

김동영이 재한테 돈 뺏겼다던데. 몰라 조성범이 봤대. 자기한테 돈 빌리더니 재한테 줬대. 헛소문은 일파만파 커진다. 소문의 당사자는 신경도 안 쓴다. 야, 반장. 더 이상 눈에 띄기 싫다. 모르는 사람들의 주둥이에 옮겨 다니기 싫다. 전생에 벼룩은 아니었을 거다. 모르는 사람에게 빌붙어 기생하기가 이다지 껄끄러우니 말이다. 반장, 하면 김동영이 문제집을 풀다 말고 고개를 든다. 대답은 안 한다. 고개만 든다. 들어는 줄 테니 어디 한번 씨부려보라는 거다.

나는 성범이 주머니에서 온 만 원을 김동영한테 다시 내민다. 내가 네 돈 뺏은 거 아니잖아. 용기에 목소리를 얹는다. 그깟 만 원에 소문을 샀다. 재가 김동영 삥 뜯었다며. 만 원치곤 내 학교생활을 책임질 수 있을 만한 영향력 있고 그럴싸한 소문이었다. 김동영은 만 원에 권력을 팔았다. 김동영 삥 뜯겼대. 누구한테? 몰라, 처음 보는 얼굴이라던데. 우리는 제 것도 아닌 만 원으로 소문을 사고 권력을 팔았다. 자본의 출처는 단돈 만 원에 소문과 권력을 경매했다. 그래, 내가 봤다니까! 재가 반장한테 돈 있냐고 물었고, 반장이 나한테 돈을 빌려갔어.

친구야. 김동영은 언제나 무표정이다. 나한테만 그런다. 친구야. 정 없게 입술을 움직이면서 정떨어지는 표정을 짓는다.

"네가 삥 뜯은 거 맞잖아. 네가 돈 있냐고 물어봤잖아."

그러곤 다시 문제집 푼다. 어이없어서 허, 하고 바람 뱉었다. 다시 생각해본다. 나, 지금 삥 뜯는 거야. 나오면 십 원당 한 대야. 그렇다. 나는 대단한 사람이다. 호랑이를 삥 뜯었으니 이제 사자쯤 되는 것 같다. 신화에도 없을 법한 이야기다. 구석에 처박혀서 주구장창 필사만 하던 토끼가 동물의 왕인 호랑이한테 덤볐대. 그래서 토끼가 사자가 됐다던데? 그럼 사실 사자들은 전부 토끼의 진화형 아닐까? 논리력이 쩨졌네.

정자를 가지고 있는 새끼들은 맨날천날 초등학생 같은 문장만 내뱉는다. 싸울 때도 네 엄마, 네 아빠를 찾는다. 우애가 오진다. 부모님 안부를 매일같이 물어본다. 조금이라도 예민하게 굴면 생리하냐? 한다. 지들은 생리를 해본 적도 없으면서 생리를 하면 다 예민한 줄 안다. 새대가리 같다. 근데 너 새대가리지? 하면 또 화낸다. 생리대로 마스크를 하나 만들어주고 싶다. 질식해 뒈지라고. 생리대에서 발암물질도 나왔다는데 버리지 말고 남성용 마스크로 재활용했으면 좋겠다. 한국에서는 남성용이라고 하는 모든 걸 좋아하니까. 근데 또 불리한 건 남성을 안 붙인다. 여배우. 여경찰. 여대생. 사건이 벌어져도 피해자 이름을 갖다가 쓴다. 그래서 나는 신을 안 믿는다. 신이 존재한다면 세상을 이따위로 돌아가게 놔둘 리 없다.

물론 이 얘기들은 속으로만 생각한다. 너는 여자 같아. 여자 같아. 초등학교에 다니면서 가장 많이 들었던 말이다. 어린 나는 대답한다. 여자 같은 게 뭐야? 그럼 질문자는 치마 입은 여자애들에게 삿대질한다. 승현아, 그럼 바지 입은 애들한텐 남자 같다고 할 거야? 질문자에게 질문한다. 승현이는 입 꾹 다문다. 닫힌 입은 그날부터 나를 위해 열리지 않는다. 근데 사실 저 말도 이상하다. 바지 입는다고 남자가 아니고, 치마 입는다고 여자가 아니라는 말이다. 근데 여자들만 치마를 입는다. 이유는 항상 존재한다. 남자들은 편한 생활을 사랑해서 불편한 건 다 미루니까. 쉬운 건 다 자기들이 하고 싶단다. 그런 주제에 이중 잣대도 최상급이다. 화장 안 하면 화장하라고 손가락질을 하고 화장을 하면 화떡이라고 손가락질을 한다. 근데 이런 건 나 혼자만 생각해야 한다. 이해할 수 없지만 이해할 수 있는 말. 팩트를 말하면 욕먹는다. 현재를 살아가는 사람들은 본인과 의사가 다르면 이해하려 하지 않으니까.

혼자가 된 소감? 웃기시네. 내가 걔네 왕따시킨 건데. 어릴 때부터 이렇게 합리화했다. 왕따가 뭐야? 왜 나보고 왕따래? 중학교 때도 똑같았다. 나는 축구 싫어해. 이 한마디에 학교를 다니는 내내 혼자 밥을 먹게 됐다. 남자가 어떻게 축구를 안 좋아해? 편견으로 가득 찬 질문은 사람을 피곤하게 만든다. 너 아까 나한테 학교 끝나고 세일러문 볼 거라고 했잖아. 물론 입 밖으로 내뱉진 않는다. 이제 와 생각해보면, 승현이는 과연 세일러문의 내용과 전개, 영웅적인 모습을 좋아해서 본 걸까? 세일러문이 변신하는 모습을 보고 혼자 숨어서…… 그게 아니면 왜 세일러문 보는 걸 숨겼을까? 여기서 한 번 더 꼬아서 생각한다. 나는 왜 세일러문을 보는 것이 승현이의 약점이라고 생각한 걸까? 편견 없는 세상에서 살고 싶다고 말했지만, 인간은 모순덩어리인 것이 분명하다. 또 내 마음대로 생각해버렸다. 이렇게 편견이 무섭다.

그래서 남고를 왔다. 입학 첫날 검정 뿔테 안경을 쓴 짝꿍이 밀크 캬라멜을 내밀었다. 만반잘부. 아! 인터넷에서 본 적 있다. 만나서 반가워 앞으로 잘 부탁해, 라는 뜻이었던 걸로 기억한다. 이런 말을 진짜 쓰는 사람이 있나 생각했었는데 내 옆에 있다는 게 신기하다. 캬라멜을 받았다. 답례로 칭찬 하나를 던졌다. 너 인싸네. 입학 전에 인터넷에서 10대 신조어를 검색해봤다. 친구 하나 없이 지낼 수는 없다는 것이 이유이자 핑계였다.

"만반잘부를 알아?"

"엉. 근데 진짜로 쓰는 사람은 처음 봤어."

"나도 그거 아는 사람 처음 봤어."

파란색 명찰에 하얗게 박힌 자수가 촌스럽다. 조성범.

성범이는 심리학자가 되고 싶다고 했다. 그래서 내가 무슨 생각을 하고 있는지 맞춰보라고 했다. 성범이는 칼로 후빈 자국이 가득한 책상에 이마를 박았다. 그러곤 혼자 박장대소했다. 무시하는 것 같아 기분이 나쁜 건 잠깐이고 그런 건 마법사나 알 수 있는 거라기에 고개를 끄덕였다. 흥미가 떨어져 캬라멜이나 깠다. 덥지도 않은데 종이에 찐득하게 눌어붙어 형태를 잃은 캬라멜을 그냥 입에 집어넣었다. 혀 위에서 매끈한 종이 껍질이 단맛과 함께 씹혔다. 뱉어낼까 고민하다가 교실 바닥 대리석이 깨끗하기에 그냥 삼켰다. 바닥이 더러워지는 것보다 내 위가 더러워지는 게 나왔다. 위액이 종이쯤은 쉽게 녹여낼 수 있을 거다. 그게 아니면 죽는 거고 뭐.

초록색 칠판 밑으로 떨어지는 분필 가루에 집중하는데 핸드폰 진동이 울렸다. 성범이였다. 성범이는 핸드폰 수거 담당이다. 그래서 핸드폰을 제출해도 몰래 꺼내서 갖다 준다. 그 정성이 갸륵해서 고마워, 하고 받는다. 사실 연락 올 사람 하나 없어서 핸드폰은 필요 없었다. 심심하면 화난 표정의 빨간 병아리로 블록 부수는 게임이나 하는 게 전부였다. 메신저를 확인하니 링크 하나가 파랗게 밑줄 그어져 있다. 뭐라 부르는지도 모른다. 므브티? 엠비티아이? 성범이는 이런 걸 잘 믿는다. 혈액형별 특성도 잘 믿고. 별자리, 오늘의 운세, 띠별 운세를 매일같이 검색한다. 심리학과에 가고 싶다더니 미신을 더 맹신한다. 중학교 졸업식에 부모님이 준 꽃을 말려서 방에 걸어놨다기에 죽은 꽃을 집에 두면 안 좋다고 얘기해줬다. 눈을 파르르 떨며 왜냐고 묻는 성범이에게 죽은 게 산 척하는 거라서, 라고 덧붙였다. 그날 성범이는 조퇴하고 집에 가서 꽃을 버렸다고 사진을 찍어 보냈다. 지나치게 순수해서 짜증이 난다.

파란색 링크를 누르니 설문조사 페이지로 이동한다. 총 검사 시간은 12분 내외입니다. 시계를 확인했다. 수업이 끝나기까지 정확히 17분 남짓 남아 있었다. 초침은 움직이는데 분침은 그대로다. 시간이 멈춘 것 같았다. 다시 핸드폰 액정을 들여다본다. 질문이 마음에 들지 않더라도 정직하게 답변하십시오. 굵은 글씨체를 읽고 포기할까 했다. 칠판을 한 번 본다. 책을 한 번 본다. 액정 속 화면을 한 번 본다. 선택지 중 의미 없는 테스트가 가장 마음에 들었다. 가능하면 답변 시 중립을 선택하지 마십시오. 구구절절한 설명을 손가락으로 올려 보낸다. 첫 번째 질문. 다른 사람들에게 자신을 소개하는 것을 어려워합니다. 손톱을 씹는다. 나 자신을 잘 모르겠다. 내가 내 소개하는 걸 어려워하는 것 같니? 라고 남에게 물어보기도 우습다. 대충 동의, 라고 선택한다. 지금 당장 나를 소개해보라고 한다면 난 차라리 혀를 깨물 것이기 때문이다.

두 번째 질문. 종종 주변을 무시하거나 잊어버리는 생각에 빠지곤 합니다. 문제를 읽곤 책상에 머리 박고 소리 없이 웃었다. 이 검사지를 만든 사람은 천재인 것 같다는 생각을 잠시 했다. 다음 버튼을 눌러가며 동의 비동의를 반복한다. 쉬는 시간까지는 아직 10분이나 남았다. 하는 수 없이 결과 창을 읽는다. 모든 설문이 나에 대해서 서술해놓은 것 같다. 매우 동의.

내성적이고 지밖에 모르는 개인주의자에 공감 능력이 뒤졌단다.

어이없고 짜증나지만 자랑스럽다. 맞는 말이다. 나는 이기적이고 상대방 말에 공감도 못 해준다. 고민을 들으면서도 그래서 어쩌라는 거지? 나였으면 다르게 했을 텐데, 하고 다른 대책을 강구한다. 그러면서도 겉으론 으응 그랬구나, 속상했겠구나, 하며 사회적인 척한다.

아, 나는 멍청한 사람도 싫어한다. 예를 들어 성범이 같은 애들. 같은 별자리가 얼마나 많으며 같은 혈액형이 또 얼마나 많은데, 혈액형별 특징 따위를 믿는다. 에이형은 소심하고 오형은 무식하며 에이비형은 싸이코랬다. 근데 비형들은 잘생겼단다. 그래서 궁금해졌다. 성범아, 너는 혈액형 뭐야? 성범이는 짧은 다리를 꼬면서 말한다. 나? 비형.

마지막 종이 치면 담임이 들어온다. 종례 인사를 해야 하니 임시 반장이 필요하단다. 서른두 명의 시선이 한 곳으로 향한다. 임시 반장은 투표도 없이 정해진다. 칠판에 흰 글씨가 적힌다. 김동영. 형식적인 박수를 쳤다. 맞붙은 손바닥이 아프다. 박수를 많이 치면 건강해진다는 말을 들은 것 같다. 건강해지기 전에 손바닥이 아픈데 무슨 소용이지?

"안 가?"

성범이가 검은색 가방끈을 고쳐 맨다.

"가야지."

신발을 갈아 신고 플라스틱 의자에서 일어난다.

"가방은?"

"괜찮아."

"안 가지고 갈 거야?"

"응."

성범이는 브랜드 로고가 그려진 흰 에어포스 앞코를 교실 바닥에 툭툭 박는다. 하얗던 운동화에 먼지가 붙는다. 내일 아침에 선도부한테 잡히는 거 아니야? 우는 표정을 하고 묻는다. 성범이는 걱정도 많다. 내가 선도부보다 일찍 오면 되지. 의자를 대충 밀어 넣고 학교 밖으로 나온다.

성범이는 가슴에 가방 하나를 더 달고 쫓아온다. 내일 아침에 운동장 구석으로 오면 가방을 주겠단다. 성범이는 호구다. 만나자마자 만반잘부 쓰길래 인싸인 줄 알았는데 나처럼 인터넷에서 공부하고 온 것이 분명했다. 갑자기 성범이한테 미안해졌다. 나는 친구 정도는 있어야 한다는 생각에 검색해본 사람. 성범이는 친구를 필수적으로 사귀겠다는 일념으로 검색한 사람. 성범이의 노트에는 유행하는 신조어가 전부 쓰여 있을지도 모른다. 특히나 만반잘부에는 빨간 줄 쫙쫙 그어놨을 수도 있다.

"아냐. 그냥 내가 가져갈게."

"괜찮아! 내가 내일 가져올게. 든 것도 없어서 가벼……."

성범이는 여기까지 말하고 읍, 하며 두 손으로 자기 입을 가린다. 그러곤 미안하다고 사과한다. 왜 사과하는지를 도통 모르겠어서 든 거 없는 거 맞는데 뭘, 하고 용서한다. 사실 용서도 아니다. 애초에 화가 안 났으니까.

교문을 지나칠 때 같은 반 애들이 이상한 환호성을 지른다. 오! 호오! 가방셔트~을. 말도 이상하게 늘린다. 가방셔트을. 성범이를 보고 말하는 것 같아 미안해졌다. 하지만 사과는 하지 않는다. 나는 분명 가방을 교실에 두고 왔으니까. 따지고 보면 성범이는 내 가방을 훔친 도난범인 게 맞지 않나? 성범이의 귀가 빨개졌다. 아니라고 말도 못 한다. 호구다.

"아니야. 성범이가 대신 들어준 거야."

평소 같았으면 그냥 무시했을 거다. 따지자면 무시가 아니라 무서워서 그냥 못 들은 척했을 거다. 용기를 낸 이유는 딱 하나다. 반장이라는 놈이 그 무리 사이에서 웃고 있어서. 무리에는 보통 실세가 있기 마련이고 그 실세라는 것은 권력을 쥐고 있는 단 하나의 우두머리가 분명한데, 그것이 선한 영향력을 끼치지 않는다면 아래에 존재하는 사람들은 피곤해진다는 것을 알기 때문이다.

내가 성범이를 정말 가방셔틀로 생각했다면, 그 무리에 들어가 그 실세의 오른팔 왼팔 하며 굽실거릴 수 있었겠지만 나는 자발적 왕따다. 피곤한 왕따가 되고 싶은 마음은 없으므로 누군가를 위해 나섰다. 나는 편안하고 안락한 왕따를 꿈꾸는 사람이니까.

"그게 셔틀이야."

"뭐가?"

"대신 들어준 게 셔틀이라고."

조금 이상하다. 나는 이런 경우를 도움이라고 말한다. 그런데 셔틀이라니. 서로 다른 세계에 살고 있는 것 같다.

3장. 성범

누군가를 사랑한다는 것은 우리 삶에 있어 가장 어려운 마지막 시험이다. 다른 모든 일은 그 준비 작업에 불과하다.

—라이너 마리아 릴케

소문은 무섭다. 더 자극적이고 더 많은 거짓이 보태질수록 빠르고 쉽게 퍼져 나간다. 뒤늦게 부인해도 액체처럼 잠겨버린 소문은 이내 질식한다. 얘가 그랬고 쟤가 그랬대. 벌떼처럼 몰려드는 인파와 아니야, 그거 다 헛소문이래. 진실에는 등을 돌리는 위선.

김동영은 소문에도 잠잠했다. 김동영이 뼁을 뜯겼대. 김동영이 싸움에서 졌대. 김동영이랑 사귄대. 김동영이 게이였어? 김동영이, 김동영이…… 김동영이…….

그 후로 성범이는 나를 피해 다녔다.

"왜 그런 헛소문을 내?"

내 말에 성범이는 웃었다. 재밌잖아. 만반잘부를 외쳤던 성범이는 소문을 팔아 떼부자가 됐다. 친구 부자. 소문에 붙고 소문에 떨어지는 일회성 인맥. 나에게 줬던 캬라멜은 네 소문에 대한 값이야, 라는 말로 재해석됐다.

"김동영."

대답하지 않았다.

"동영아."

들은 척도 하지 않았다.

"반장."

내가 투명인간이었던가?

문제집에 침을 탁 뱉었다. 가여운 용기였다. 김동영이 자리를 박차고 일어선다. 핏줄 선 손으로 내 어깨를 잡는다. 자기야? 씨발. 나 공부하잖아. 잡힌 어깨가 아팠다. 미안, 이것 좀 놓고 얘기해. 김동영의 손이 내려갔다. 다리에 힘이 풀렸다. 겨우 벽에 기대섰다.

"왜 대답을 안 해? 그러니까."

"왜?"

"해명해. 내가 네 돈 뺏은 거 아니라고. 나랑 안 사귄다고. 게이 아니라고 말해."

"내가 왜?"

내가 왜 그래야 되는데? 김동영의 말에 얼이 나갔다. 수군거리는 말소리가 지겹다. 야, 지금 쟤가 김동영 책에 침 뱉은 거 봤어? 소문은 새롭게 순환한다. 김동영이 내 어깨 잡은 건 아무도 못 봤나? 나한테 욕한 건 아무도 못 봤나, 안 봤나? 왜 모르는 척 하지?

김동영은 다시 앉아서 문제집을 푼다. 나는 교실 문을 신경질적으로 열고는 복도로 나온다. 교실과 가장 멀리 떨어져 있는 화장실 변기에 혼자 앉아서 질질 짠다. 슬퍼서 우는 게 아니다. 화가 나서 우는 거다. 나는 피해자다. 그렇다고 김동영이 가해자는 아니지만. 가해자는? 가해자는 누구지? 소문을 낸 성범이? 아이스크림 먹는 나한테 돈을 달라던 양아치들? 슬피 운다. 엉엉. 우에엥. 가해자를 모르는데 피해자는 존재한다는 사실이 참혹하다. 가해자는 잘도 숨는다. 피해자는 그저 피해자라는 수식어가 전부다.

나는 그날부터 사람을 믿지 않기로 했다. 한 가지 변한 건 있다. 자기야, 하고 부르면 응, 하고 대답하는 사람이 생겼다. 무슨 심리인지는 알 수 없었다. 이제 동영아 하면 대답도 안 한다는 게 팩트였다. 자기야 해야 아는 척해준다.

2학년 반 배정이 된 후 나는 웃고 성범이는 울었다. 김동영은 어떤 표정을 지었는지 잘 모르겠다. 김동영은 반장으로도 모자라서 전교 회장까지 먹었다. 전교 회장 공약 문구가 웃겼다. 학교폭력 없는 학교를 만들겠습니다. 눈치 보지 않고 연애할 수 있는 학급을 만들겠습니다. 공약을 보곤 다들 우우, 했다. 너만 좋은 공약 아니냐고 딴지를 걸었다. 그러면서도 전부 기호 1번 김동영에 표를 가담한다. 성범이를 통해 나와 김동영에 대한 헛소문이 퍼진 후 사람을 두고 예스와 노를 결정하는 집단이 생겼다. 새 학기부터 단단히 꼬인 것 같았다. 성범이 가능? 난 가능. 알아듣는 내가 싫어서 이어폰으로 귓구멍을 막았다. 성범아 조심해라. 텔레파시로 말했다. 햄버거 사건 이후 난 성범이랑 인사도 안 하니까.

자기야. 응. 매일 똑같다. 자기야 하고 부르면 응 하고 대답한다. 근데 사귀는 건 아니다. 언젠가 김동영한테 물었다. 너는 내가 왜 좋아? 대답은 간단했다. 안 좋아하는데? 너 왜 혼자 착각하냐? 나 게이 아니야. 나 개씹 헤테로야. 자기 마음대로 나까지 소문의 장본인으로 만들어놓곤 헤테로. 개. 씹. 개씹. 개씹 헤테로란다. 근데 상관없다. 나도 김동영 안 좋아하니까.

"근데 동영아 씹이라는 말 안 좋은 것 같아."

"뭔 상관이야?"

"왜 안 좋은 말인지는 안 궁금해?"

"왜 안 좋은 말인데?"

"생각해봐."

하얀 연기가 쭉 뿜어져 나온다. 초록색으로 유광 페인트칠된 옥상에 담뱃재가 떨어진다. 동영아 아무래도 교복 입고 담배 피우는 것도 좀 아닌 것 같아.

"생각은 너나 해."

짧아진 담배를 삼선 슬리퍼로 밟아 끈다. 곧바로 새 담배를 꺼내 불을 붙인다. 학교에 불이 난다면 아마 화재 원인은 김동영의 담배일 거다. 사실 김동영이 버린 것 말고도 옥상에는 담배꽁초가 산더미다. 김동영을 따라 옥상에 올라와보지 않았다면 졸업식 날까지 몰랐을 일이다.

"너는 진짜 사람을 짜증나게 하는 재주가 있어."

"나?"

검지를 쭉 펴서 자기 가슴에 가져다 댄다. 나? 하는 질문이 야비하다. 바람에 담배 냄새가 날린다. 교복. 검은 머리. 담배. 반장. 마인드맵으로 연결하라면 절대 이어질 수 없는 접점의 단어들이다.

“씹 뜨다, 라는 말 있잖아?”

“응.”

“그 말도 안 좋은 말이잖아.”

“그런가?”

“응. 그러니까 안 썼으면 좋겠어.”

김동영은 고개를 두어 번 끄덕인다. 근데, 안 좋은 말의 기준이 뭐야? 음, 너 엄마 앞에서 씹이라는 말을 쓸 수 있어?

“나 엄마 없는데.”

“아 미안. 그럼 아빠.”

“미안한데 아빠도 없어.”

"어. 진짜 미안. 그럼 나?"

"씹 뜰래?"

할 수 있네. 나는 고개를 숙인다. 그냥 쓰라고 내버려둬야겠다. 내가 귀 막으면 될 일이다. 절이 싫으면 중이 떠나라고 했으니까. 근데 김동영은 나 안 좋아한다고 하면서도 안 떠난다. 이상하다. 세상은 넓고 이상한 일은 많다지만 김동영은 유독 이상하다. 세상에 이런 일이에 제보해볼까?

동영아, 너는 커서 뭐 될 거야? 너는? 내가 먼저 물어봤잖아. 우린 매일 이렇게 질문하고 대답을 미룬다. 대답하기 싫어서가 아니라 둘 다 대답할 만한 정답을 찾지 못해서다. 김동영은 전교 1등이다. 공부도 잘한다. 내가 묻는 시시콜콜한 질문에만 대답을 못 한다.

그렇다고 또 내가 대답을 할 수 있는 것도 아니다. 커서 뭐 될 거냐, 라니? 어른 되겠지.

김동영의 담배를 뺏어서 빨았다. 거의 다 타들어가 퀴퀴한 맛밖에 남지 않은 담배를 밟아 껐다. 뭐 하는 짓이냐며 김동영의 얼굴이 구겨진다. 나중에 갚을게. 성인이 되고 나서.

현관문 밖에 하루 종일 서 있으면 티비를 보는 것 같은 기분이 든다. 물론 내가 이 집 안의 한자리를 꿰차고 있지 않았을 때의 얘기다. 적어도 삼류 드라마는 가뿐히 제치고 시청률 1위를 찍어 기사를 줄줄이 올라오게 할 드라마. 너는 내가 망했으면 좋겠어? 누군가는 말하고. 일단 내 말 들어봐. 누군가는 대답한다. 대사 한번 기가 막힌다. 명배우들의 행렬. 손바닥을 짝짝 붙인다. 경쾌한 마찰음이 난다. 축하보다 창피 주는 데 더 능한 손바닥인 것 같다.

얌전히 구석에 처박혀서 팝콘이나 씹고 싶다. 오늘은 캬라멜 팝콘이 좋겠다. 그렇지만 지금 내가 캬라멜 팝콘이나 씹으면, 내 대가리가 팝! 될 수도 있다. 옥수수처럼 팝! 그리고 피를 질질 흘리면서 코오온. 그럼 블러드 팝콘이 탄생하는 건가? 아니야. 내 머리는 옥수수가 아니니까. 블러드 헤드. 근데 이걸 누가 사 먹지? 구매율 지하 세계를 뚫고 가게 곧 망할 것 같아서 빨리 생각을 접는다.

구경을 하다가 화장품 유리병이 벽에 부딪치는 소리에 방문을 열었다. 엄마의 손목을 끌었다. 엄마는 괜찮지 않은 얼굴로 괜찮다고 말했고 나는 괜찮은 얼굴로 괜찮지 않다고 생각했다. 그때 귀에 박히는 한마디.

꺼져.

내 선택지는 단 두 개였다. 죽을 것이냐. 죽일 것이냐.

칼을 들었다고 상상했다. 내 목에 가져다 댔다고 가정한다. 해보라고 할 것 같았다. 정말 할 수 있을 것 같았다. 그럼 죽었을 거다. 내가.

칼을 들었다고 상상했다. 타인에게 겨눴다고 가정한다. 치우라고 할 것 같았다. 그 후가 문제다. 칼을 치우면 아무도 죽지 않는다. 칼을 치우지 않으면? 죽일 수 있을까? 내가?

눈이 두 개인 이유는 더 잘 보라고. 귀가 두 개인 이유는 더 잘 들으라고. 입이 하나인 이유는.

말을 아끼라고.

나한테 말을 아껴야 한다. 사람들은 나를 함부로 대해서는 안 된다. 나는 미쳤으니까. 나는 전교 회장 돈도 뜯는데. 나는 전교 회장한테 욕도 하는데. 나는 전교 회장한테 자기야, 라고 부르는데. 그런 나한테 꺼지라고 하다니. 하룻강아지 범 무서운 줄 모르고.

아빠, 너는 김동영한테 돈 있냐고 못 하잖아. 아빠, 너는 김동영한테 욕 못 하잖아. 아빠, 너는 김동영한테 자기야, 라고. 풉. 아빠, 네가 김동영한테 자기야, 라고 하면 나는 신고할 거야. 경찰 아저씨들, 제 옆에 미친놈 있으니까 잡아가세요. 전교 회장 김동영의 자기인 나의 엄마를 괴롭히다니. 미친놈아. 아빠 너는 이제, 손절이야.

그럼 아빠는 화낸다. 개새끼 미친 새끼 한다. 와하하. 나는 배꼽 잡고 웃는다. 개새끼래. 푸하하. 헤이. 유어 마이 파더. 아빠는 얼굴이 빨개진다. 아빠, 영어도 할 줄 알아? 사실 화나서 빨개진 건지 내 말을 알아들어서 빨개진 건지는 잘 모른다. 알. 유. 어. 도오그? 일부러 오버하면서 도그에 악센트 넣는다. 알 유 크레이지 맨? 씨발은 영어로 뭐지? 알 유…… 뻐킹. 예스 유어 뻐킹 매앤. 가운데 손가락 한 번 올려준다. 방금 나 멋있었던 것 같아. 그렇지 엄마? 그럼 엄마는 엉엉 운다. 그럼 나도 같이 운다. 이유는 없다.

난 영화를 보다가도 주인공이 울면 따라서 운다. 드라마를 보다가도 누군가 울면 같이 운다. 길을 걷다가도 수업을 듣다가도 우는 소리가 들리면 같이 눈물을 질질 흘린다. 미친 것 같다. 내가 왜 울고 있는지 아무도 예상조차 하지 못한다. 나 자신도 우는 이유를 모르니까.

"영화가 슬퍼서 우니?"

영화는 슬프지 않았다.

"몸이 아프니?"

나는 아프지 않았다.

그냥 그렇게 살았다. 눈물이 나는 대로. 울고 싶으면 울고 눈이 붓고 붓기가 다 빠지기도 전에 다시 울고. 에잉. 학교에선 내가 김동영 뺨 뜯는 멋쟁인데 이렇게 울고 있다니 본새가 다 돼졌다.

근데 이제 우리는 어떡하지? 다짜고짜 엄마를 끌고 집을 나왔다. 어리석고 멍청한 대처 방법이다. 골목길에 서서 시간을 짐작한다. 해가 짧아졌다. 분홍색과 보라색이 적절히 섞인 하늘에 구름이 하얗게 흘러간다. 아직 5시밖에 되지 않았는데 괜히 마음이 급해졌다. 여차하면 꼼짝없이 길바닥에서 노숙을 해야 할 것 같았다. 엄마, 친구 있어? 엄마, 오늘 친구 집에서 자고 와. 나도 내 친구 집에서 잘게. 내일 주말이잖아. 응응. 내일 여기서 다시 만날까? 어떻게든 될 거야 엄마. 으응. 걱정 마. 내일 봐 엄마. 집에는 다시 들어가지 말고. 그 미친놈이 전화하면 나한테 말해엥. 엄마의 삶에 선택지를 주기로 했다. 효자인 척하는 불효자. 그게 내 모습이었다.

엄마는 아빠한테 미친놈이 뭐니? 하면서 나를 타박한다. 그러면서 입꼬리는 올라간다. 내가 해방시켜줬는데 고맙다는 말에 인색하다. 괜찮다. 그놈은 망했고 우리는 안 망했으니까. 그놈은 혼자고 우리는 둘이니까. 우리 인생 파이팅!

엄마한테 양손 붕붕 흔들고 주소록에서 김동영을 찾는 손가락이 분주하다. 성범이한테 연락할까 했지만, 성범이는 또 우리 가족 파탄 났다고 학교에 소문낼 것 같았다. 그래도 소문 비용 만 원을 주지 않을까? 한참 고민하다가 전교 회장 애인 타이틀이 아까워서 그냥 김동영을 눌렀다. 두 번의 신호음이 끊긴다. 자기야. 나 오늘 잘 데가 없어잉. 하루만 재워주면 안돼? 혀 짧은 말에 김동영이 웃는다. 주소 보내줄게. 아싸. 찜질방은 안 가도 되겠네.

택시 안에서 스쳐 지나가는 일차선의 자동차들을 본다. 심장이 뛴다. 일어나지도 않은 일들로 머릿속이 혼란스러워진다. 근데 이제 나는 어떡하지? 내일은. 그다음 날은. 앞으로는. 영영 아빠를 안 보고 사는 건가? 엄마는 돈을 모아뒀나? 어쩌지? 아. 숨 막혀. 엄마랑 같이 죽는 건 아니겠지? 숨. 수움.

손까지 떨렸다. 공기와 맞닿은 땀이 다시 축축하게 스며든다. 자살 계획을 세운다. 가스를 마실까? 물에 뛰어들까? 옥상에서 떨어질까? 내가 죽으면 엄마는 어떡하지? 에에엥? 근데 내가 왜 죽지? 자살을 거꾸로 하면 살자. 어떤 인간이 만든 말인지 대단하다. 그럼 살자의 반대말은 자살이니까 죽어도 되나요? 출처 없는 문장에 억지를 부려본다. 아악.

"괜찮으세요?"

"네엡. 괜찮아요"

택시 창문에 머리를 쿵쿵 박았다. 택시 기사님이 백미러를 보며 질문을 던진다. 네엡. 괜찮아요. 괜찮지 않아 보이니까 그런 질문을 하신 거겠지. 아니면 택시의 창문이 깨질까 걱정이 됐다던가. 어쨌거나 원흉은 나라는 거잖아. 죄송합니다아. 말꼬리를 늘리며 사과한다. 더 미안해 보이는 효과가 있으니까. 사실 밉보였다가 택시 기사님이 외딴곳에 떨궈버리고 갈까봐 무서우니까. 돈을 지불하는 건 난데 왜 내가 불안에 떨어야 하지? 괜히 기사님의 신상이 적힌 선바이저를 훑는다.

도로에 어둠이 내려앉는다. 하늘이 남색으로 뒤덮였다. 하얗던 구름은 회색으로 변했다. 창밖을 보며 생각에 잠긴다. 어릴 때 내가 제일 무서워한 건 죽음이었다. 귀신이 나를 죽일까봐. 사람이 나를 죽일까봐. 어쨌거나 귀신과 사람이 무서웠던 이유는 나한테 죽음을 선사할까봐, 였으니까. 그러니 죽음을 무서워하는 것이 맞았다. 죽음을 연구하는 사람은 없나? 생각하다보니 점점 멍청해졌다. 죽음을 연구하려면 자기가 죽어봐야 되는데, 죽으면 연구를 어떻게 해. 그러면 사람을 다시 살려내는 연구를 하면 되지 않나? 그럼 죽은 사람을 살려내고 다시 죽이고. 죽음에 관한 연구도 하고. 아 그러면 저승사자가 하늘을 왔다 갔다 해야 하니 귀찮겠구나. 그러니 죽은 사람은 죽고, 사는 사람은 사는 수밖에. 말도 안 되는 연구와 결과가 머릿속에 둥둥 떠다닌다.

크면서 변한 게 하나 있다면 죽는다는 건 생각보다 거창한 게 아니라는 것이다. 죽고 싶다, 라는 말을 입에 달고 사는 현대인들이 있는 이상 죽음은 특별하지도 대단하지도 않다. 다르게 생각하면 하루하루를 즐거워하기도 모자란 현대인들에게 죽고 싶다, 라는 말을 입에 달고 살도록 만든 세상이 대단하게 느껴질 뿐.

택시 안에 살고 있는 디지털 말은 끊임없이 달린다. 한강이 검정으로 물들고 옆 차선을 달리던 차들이 번호판을 읽을 수 있을 만큼 느려지면 호흡은 잦아든다.

"아저씨."

"예."

"한강 속에는 시체가 있을까요?"

아저씨는 한참 후에 대답한다.

"이제는 한강에서 죽으면 벌금 내요. 그래도 있긴 하겠죠."

"그럼 아저씨는 한강을 지날 때마다 무서우시겠네요?"

"그 사람들도 힘들어서 그랬을 텐데요. 죽어서는 우리같이 힘든 사람들 도와주겠지요."

아저씨는 긍정적이다. 죽은 사람들은 힘들어서 죽었으니, 힘든 우리를 수호할 거란다. 죄송한 마음이 든다. 저는 여기서 죽으면 개 같은 놈들 등에 붙어서 죽으라고 사주할 거예요.

어떤 놈들에게 저주를 걸지 생각하는데 까맣던 액정에 불빛이 들어온다. 어디야. 세 글자가 평온하다. 나, 지구 안 대한민국 안 서울 안 길 위 택시 안. 재미도 없고 감동도 없는 텍스트를 날린다. 김동영은 읽고도 답장을 안 한다. 한 번 더 물어봤으면 대답해줬을 텐데.

택시는 아파트 앞에 멈춰 선다. 내내 달리던 네모 픽셀로 만들어진 말도 멈춘다. 주머니에서 오만 원짜리 지폐를 꺼내 내민다. 잔돈은 안 주셔도 돼요. 택시비보다 잔돈이 더 많았다. 택시 기사님은 창문을 내리더니 다급하게 손님! 손님! 하면서 손을 휘휘 젓는다. 학생 같아 보이는데 아무리 돈이 많아도 아껴서 써야 한다며 삼만 원을 쥐여주신다. 나도 성범이처럼 삼만 원짜리 소문 하나 살까 생각한다. 김동영 애인이 옆 학교랑 이십 대 일로 맞장 떠서 이겼대. 뭐 이런 걸로.

백색 등이 군데군데 켜진 아파트 단지를 둘러본다. 불 켜진 집 어딘가엔 김동영이 있을 것이다. 동영이가 보내준 동으로 다가가니 은색 철에 숫자 키가 달린 키패드가 보였다. 옆으로 열리는 문은 유리를 제외하곤 온통 금색 띠를 둘렀다. 단독주택 지하에 사는 나는 눌러본 적도 없는 기계 앞에 선다. 세대번호를 누르고 호출을 하라는 설명을 반복해서 읽었다. 호수와 세대번호, 알람종 그림을 몇 번이고 다시 눌러봤지만, 김동영과 연결되지는 않았다. 삑삑 소리가 나다가 다시 뚜뚜 소리를 내뱉으면서 멈춘다. 빨간 글씨가 지나가는 화면과 버튼 위에 적힌 설명을 다시 읽어본다. 한참을 그러고 있으니 안쪽에서 사람이 나온다. 열리는 유리문 틈으로 잽싸게 몸을 넣었다. 최대한 자연스럽게 행동하자. 호출하는 방법을 몰라서 그렇게 서 있었다는 내색은 하지 말고. 침착하자. 문부터 내부까지 금색으로 도배된 엘리베이터에 한 발을 들인다. 찬 공기가 몸을 감는다. 우리 집은 엘리베이터도 없는데. 심장이 뛴다. 설레는 기분과는 대조된다. 숨이 막힌다. 괴리감에 몸서리친다. 거울에 비친 얼굴이 낯설다. 내가 이렇게 생겼었나? 뜬금없이 거울 속 모습에 자각의 시간을 가진다. 이게 나야.

천백십일 호. 그래도 천백십일 호가 몇 층인지는 알고 있었다. 김동영은 어떻게 집도 천백십일 호에 살지? 소름이 돋는다. 일이라는 숫자에 갇혀 사는 건 아닌가 생각한다. 한참을 현관문 앞에서 서성인다. 남의 집에 방문할 땐 선물을 사서 가는 것이 예의라는 게 뒤늦게 생각난 탓이다. 도어락이 부드럽게 돌아가며 현관문이 열린다. 김동영은 고개를 까딱한다. 들어오라는 표현도 흔하게 하지 않는다. 고갯짓 한 번으로 표현한다. 특별하고 특이하다.

왜 초인종도 안 누르고 서 있냐? 김동영이 묻는다. 그냥, 이라고 대답한다.

그냥이라는 말은 난감한 상황을 무마하기에 제격인 단어다. 그냥. 그러면 더 이상 묻지 않는다.

"근데, 내가 온 거 어떻게 알았어?"

"인터폰으로 봤는데."

"언제 봤는데?"

네가 엘리베이터에서 내리는 순간부터. 가죽 소파에 앉아 무릎에 손을 모으고 있는 내 앞으로 오렌지 주스 한 잔을 내민다. 투명한 유리컵에 찰랑거리는 오렌지의 색이 진하다. 나 오렌지 주스 안 먹는데. 왜? 써서. 특이하네. 의미 없는 질문과 대답이 탁구공처럼 오간다. 포도 주스로 바꿔줄까? 됐어. 긴 타원형 유리잔을 입술에 대고 꼴깍꼴깍 목구멍으로 넘긴다. 이상하네. 비싼 오렌지 주스는 쓴맛도 없나? 그동안 내가 먹은 건, 물 섞인 오렌지 착즙이라 쓴맛이 났었나? 단맛이 입안을 적신다. 달고. 달고. 달고. 달다.

부모님은 안 계셔? 정적에 소음을 얹어본다. 나 엄마 없다니까? 아빠도 없어. 무슨 생각하는지는 알겠는데 그런 건 아냐. 두 분 다 일이 바쁘셔서 따로 사는 거고. 아 그러니까 있긴 하지. 부모님은 있긴 한데. 있는데, 없어. 하여튼 그래. 오렌지 주스 더 마실래? 응. 근데 이번엔 포도로 주면 안 돼? 어이없다는 표정으로 눈을 마주친다.

“근데 왜 나한테 해명을 해?”

“뭐가?”

"네 가정사 진짜 티엠아이야."

티엠아이가 뭔데? 김동영이 묻는다. 친구 사귀려고 인터넷에 신조어 검색해보는 나라든가 성범이와는 다르다. 가만히 있어도 친구가 들러붙는다 그거지. 그런데 어쩐지 짜릿하다. 김동영이 모르는 걸 내가 알고 있다는 거다. 엄마, 나 전교 일등도 모르는 거 알고 있다.

"투 머치 인포메이션."

"응."

"아직 설명 다 안 했어."

투 머치 인포메이션이라며 그게 설명이지 뭐야? 내가 아는 투 머치가 투 머치가 아니고 인포메이션이 인포메이션이 아닌가? 김동영이 다시 묻는다. 입을 다문다. 김동영이 생각하는 투 머치는 무슨 투 머치고 내가 생각하는 투 머치는 어떤 투 머치며 김동영이 생각하는 인포메이션은 어떤 인포메이션이고 내가 생각하는 인포메이션은 어떤 인포메이션이지?

"맞아. 그거."

"내가 정확히 이해했다는 뜻이야?"

"몰라. 그냥 그런 줄 알아."

맞다. 김동영은 굳이 영어 해석을 해주지 않아도 되는 전교 일등이었다. 김동영은 새로운 유리잔에 포도 주스를 따라준다.

"왜 컵을 새로 써? 닦기 귀찮게."

"섞이는 거 안 좋아해."

"음료수?"

"뭐든."

포도 주스를 다 비운 후에야 질문이 돌아온다. 이제 네 얘기 좀 해봐. 나는 티엠아이 다 발산했으니까 이제 네 티엠아이 좀 들어보자. 여긴 왜 왔어? 무슨 일 있지? 근데 왜 우리 집이야? 숨도 쉬지 않고 질문을 뱉어낸다.

"하나씩 물어봐. 나도 생각할 시간이 필요해."

"우리 사이에 무슨."

우리 사이가 무슨 사인데? 어이없어서 어이없다는 표정으로 쳐다봤다가 김동영이랑 눈을 마주쳤다. 나랑 같은 표정을 짓고 있는 모습이 우스꽝스러웠다. 삥 뜯기면서도 잘 나가는 양아치 전교 회장과 삥 뜯는 왕따 사이지 뭐.

"내가 양아치냐?"

"그럼 네가 모범생이냐?"

"양아치가 뭔데?"

"돈 뺏고 담배 피우고 욕하고 뭐 그런 거지."

동영아 설명하고 보니까 너는 완벽한 양아치네. 웃긴다. 양아치 전교 회장. 이거 뭔가 좀 본새 나는 것 같지 않아? 주인공 소재로 딱일 것 같. 으응. 어엉. 에엥?

"주인공 시켜주게?"

"뭔 소릴 하는 거야?"

김동영이 다시 따라놓은 포도 주스를 홀짝 마신다. 와인 잔에 따라놓고 와인이라고 모노드라마 찍던 초등학생 때 모습이 떠오른다. 어쩌면 나는 스무 살에도 와인 잔에 포도 주스 따라 마시고 있을지도 모르는 일이다. 백수일 수도 있으니까. 당장 내일도 갈 곳이 없는데. 엄마는 잘 갔나? 걱정이 한발 늦는다. 이기적이게도 벼랑 끝에선 나를 먼저 챙기는 나. 최악이었다.

음. 일단 엄마랑 아빠가 싸웠어. 그래서 아빠한테 소리 지르다가 엄마 끌고 밖에 나왔는데 생각해보니까 내가 돈이 없는 거야. 엄마를 끌고 나와버렸으니까 엄마도 지갑을 두고 온 거지. 근데 어떡해? 집에 들어가면 아빠가 우리를 죽일 수도 있잖아. 죽일 거라고 협박하는 건 신고할 수 있지만, 그 자리에서 죽여버리면 어떡해? 아빠가 감옥 가는 건 나랑 상관없어. 근데 내가 죽는 건 상관있잖아. 사실 나는 죽어도 상관없어. 엄마가 죽으면 어떡해? 엄마도 걱정이지만, 엄마가 죽으면 아빠랑 남겨지는 내가 가엽기도 하잖아. 그러니까 어떡하지? 라는 생각을 하는 거야. 이기적인 것 같아도 어쩔 수 없어.

"그러니까 결론이 뭐야?"

그러니까 결론은, 나 오늘 여기서 재워줘. 그래야 돼. 넌 내 자기잖아.

"그 결론 말고."

고요가 요동친다.

"말하기 싫으면 안 해도 돼."

아니야. 할 거야. 잠깐 시간을 좀 줘. 네가 좋은 놈인지 나쁜 놈인지 나도 필터링을 좀 해야 돼. 네가 성범이처럼 만 원에 소문 팔고 다니는 애일 수도 있잖아. 재네 집안 파탄 났다고 퍼트리고 다닐 수도 있잖아. 물론 너는 그럴 것 같지 않긴 해. 왜냐면 너는 백 프로 착즙 오렌지 주스를 마시니까.

나는 염치도 없고 이기적인데 감수성은 풍부한 사람인 것 같아. 그래서 막 울어. 슬프면 울고 화나면 울고 짜증나도 울고 좋아도 울어. 근데 또 남한테는 냉철해. 이중 잣대를 들이밀어. 웃기는 건 나도 예외가 아니야. 나한테도 그래. 맨날 나는 자기 검열을 해. 이건 되고 이건 안 된다. 막 그래. 이러면 넌 사람도 아니다. 근데 이 정도까진 해도 될 것 같다. 스스로 법을 만들어. 못 지키면? 그날은 사람이길 포기하는 거지.

4장. 예쁘고 귀엽고 웃긴 애

아직은 전혀 알지 못하는 한 여인의 팔에 우연히 팔꿈치가 스칠 때, 영혼은 왜 떨리는 것일까.
—파스칼 키냐르, 『은밀한 생』

"너는 커서 뭐가 되고 싶어?"

항상 내가 나에게 묻던 질문이다. 그 시원찮은 질문이 처음으로 타인의 입을 통해 달팽이관으로 들어온다. 모르겠는데 글 쓰는 직업 하고 싶다. 근데 음악도 하고 싶어. 솔직히 나 잘 생겼잖아. 그치? 아냐. 예쁘게 생긴 거라고 해야 하나? 맨날 애들이 그랬어. 너 예쁘게 생겼다. 여자 같다. 그래서 나, 기획사 연습생도 했었다. 애기 땐 표지 모델도 했어. 그거 알지? 문제집 표지에 웃으면서 포즈 잡는 애기들. 나 그거 했어. 근데 내 이름 검색해도 포털 사이트에는 아무것도 안 떠. 지금은 듣도 보도 못한 사람이니까 안 된다 그건가? 증명할 방법이 없지. 그래서 말해도 사람들은 믿지를 않아. 믿고 싶지 않은 것 같아. 감히 네까짓 게 그런 일을 했었다니, 그런 심리겠지. 어쨌거나 노래도 하고 춤도 추고 싶어. 예체능을 하고 싶어. 내 친구들은 다 예술해. 같이 영어 학원 다니면서 헬로우 아임 파인 땡큐. 앤 유? 이런 주입식 교육 같이 받아놓고 걔들은 다 잘됐어. 계약서에 도장도 찍었대. 나만 이러고 있어. 너는 공부라도 잘하지.

씨발. 그러니까. 아, 또 우울해지네. 왜 그런 걸 물어봐? 네가 내 우울을 책임져줄 것도 아니잖아. 근데 내 우울을 책임져주는 사람이 있긴 해. 의사 선생님. 의사. 선생님? 선생님인가? 좀 꼰대 같아. 인생은 이렇게 살아야 한다고 나한테 강의해. 콧망울로 안경이 미끄러지면 중지로 안경을 올리면서 나를 뚫어져라 쳐다봐. 30분 동안 그래. 그러면 문 밖에는 대기 인원이 엄청 밀려. 내가 대충 말 끝내고 나가려고 하면 그런다. 너는 예뻐가지고 왜 우울하니? 너는 젊으면서 왜 슬퍼하니? 너는 귀여우면서 왜? 의사 선생님 진료실은 항상 햇빛이 들어오거든. 의사 선생님 머리 뒤에선 햇빛이 비춰. 교회에 있는 하느님 액자처럼 말이야. 마치 나를 구원이라도 해줄 것처럼 보여. 현실은 그렇지 않지. 얼굴 품평은 물론이고 느끼한 눈으로 나를 주시하기나 하는 사람이니까.

웩. 아, 미안. 토 나와. 나를 위아래로 막 훑어. 결혼은 언제 할 거냐고 물어봐. 그럼 나는 대답하지. 저 결혼 안 할 건데요? 그러면 또 왜 안 하냐고 물어본다. 왜긴 왜야 하기 싫으니까 그렇지. 나 아직 고등학생인데 벌써 결혼 얘기를 해. 진짜 짜증나. 그래서 약 받아도 다 버려. 정신을 진정시켜주는 약이라고 하긴 하는데 뭔가 느낌이 안 좋아. 이상한 약 집어넣었을 것 같아. 정신을 낫게 해주는 약이 아니라 정신을 돌아버리게 하는 약을 줄 것 같단 말이야. 안 그래도 돌 것 같은데. 근데 더 웃긴 사실은 내가 병원을 못 옮긴다는 거야.

손바닥이 축축해진다. 물기가 흥건한 손을 바지에 문댄다. 정신이 혼미하다. 동영아, 혹시 포도 주스에 약 탔어?

"아니. 내가 왜?"

"하긴. 네가 왜? 근데 나 졸려."

"자면 되지."

"나, 아직 하고 싶은 얘기 많은데?"

"내일 또 들으면 되잖아."

"안 돼. 나, 내일 엄마 만나기로 했어."

우린 마주 보고 웃는다. 검은 탁자 위에 놓인 유리잔에서 포도 주스 향이 난다. 포도 주스도 착즙 백 프로만 먹나보다. 바나나 과육은 하얀색인데 바나나우유는 노란색이잖아. 근데 내가 먹은 포도 주스는 보라색이야. 포도 알맹이는 연두색인데 말이지. 그러면 포도 주스가 백 프로 착즙이 아닌 건가? 내일 찾아봐야겠다. 포도는 연두색인데 왜 포도 주스는 보라색인가요? 어, 근데 포도 우유는 왜 없지? 사람이 하지 않는 일에는 다 이유가 있겠지. 결국, 혼자 고민하고 혼자 결론을 내린다.

"나, 여기서 자도 돼?"

"이미 누워놓고 뭘 물어보냐?"

"나, 침대에서 처음 자본다."

은색 손잡이를 돌려 김동영의 방에 들어왔다. 이 넓은 집에서 굳이 거실에서 가장 가까운 곳에 위치한 공간을 방으로 사용한다는 사실이 김동영다웠다. 사실 혼자 사는 집에선 티비의 소음이라든가 부엌에서 당근을 써는 소리 같은 게 나지 않아 방음의 문제와는 상관이 없을 듯했다. 온통 회색으로 물든 직사각형 방의 구조가 낯설었다. 침대 옆에 깔린 짙은 회색 러그와 침대 헤드 옆에 위치한 작은 탁자 하나가 방에 있는 가구의 전부였다. 손가락으로 쓸어보아도 먼지 하나 묻어나지 않는다. 지나치게 공허한 공간이었다. 그 흔한 책상 하나 거울 하나 보이지 않았다. 한편으론 당황스러웠지만, 오롯이 숙면을 위한 공간으로 보이는 게 굉장히 만족스럽기도 했다. 침대 매트리스에 엉덩이를 올리고 그대로 상체를 눕히자 메모리폼과 그 밑 스프링이 무게에 맞게 움푹 들어가는 것이 느껴졌다. 베개에는 김동영의 샴푸 냄새가 배어 있었다. 손바닥으로 내리치면 안에 들어 있는 오리털이 푹 꺼졌다가 다시 올라온다. 새삼스러운 감탄을 내뱉는다. 감탄은 금색 띠가 둘러진 아파트 현관에서 은색 호출 버튼을 누를 때부터 시작됐다. 와! 베개도 되게 좋은 거다. 나는 솜 베개를 써. 근데 머리가 무거워서 다 눌려. 있으나마나 해. 근데 동영아. 그럼 넌 어디서 자?

"소파."

"이제 동영아, 라고 불러도 대답해주는 거야?"

"이제 학교에서는 하지 마."

"왜?"

숨소리조차도 들리지 않는다. 왜냐고 물었잖아. 동영아. 시계 초침 소리만 유독 크게 들린다. 가능. 무슨 뜻인지 알아? 가능?

"알아. 불가능의 반대말."

"그게 아니라는 거 알잖아."

"누가 나랑 가능하대?"

다 그래. 가능. 너 가능하다고. 그래. 다들. 음절이 하나씩 끊긴다. 폐에 바람이 든 것 같다. 웃기지도 않은데 절로 웃음이 나온다. 내가 얼마 전에 그 생각, 했었거든. 성범이 가능? 하는 거야 애들이. 그래서 나는 아, 이제 성범이 망했네. 성범이 조심해야겠네. 불쌍하다, 라고 생각을 했지. 어. 으응. 나 잘래. 일단. 머리 아파. 안녕.

"나는 너 불가능."

"으응."

"편하게 자라는 뜻이야."

"고마운데 좀 불쾌하네. 내가 뭐 어때서."

동영이는 고개를 숙이면서 실소를 터트린다. 무표정으로 일관하던 김동영의 새로운 표정들을 오늘 많이 보는 것 같았다.

진짜 웃긴다 너.

나는 이제 예쁘고 귀엽고 웃긴 애 됐다.

잠은 오는데 잠들지는 않는다. 잠들고 싶지만 잠들 수 없다. 조용한 기척이 꿈틀댄다. 기어이 러그에 발바닥을 붙인다. 실내화를 질질 끌고 나가 찬 문고리를 잡아 돌린다. 어둠에 질식된 시야에 눈부심이 한 겹 씌워진다. 벽에 고정된 티비 옆에서 부지런히 움직이는 시계의 시침을 본다. 새벽 세 시. 불이 켜진 창문 밖엔 피사체 하나만이 존재한다. 시린 눈 한쪽을 감은 채 베란다 창문 앞으로 다가간다. 동영아, 뭐해? 고작 한 시간의 수면으로 잠긴 성대가 열리지 않는다. 제법 두꺼운 베란다 유리창은 목소리를 전달하지 못했다. 마른 목을 매만지며 베란다 문을 두드린다.

희뿌연 연기를 내뱉던 김동영이 돌아본다. 왜 일어났어? 베란다의 유리창은 소음을 막는다. 목소리는 닿지 않는다. 왜. 일어났어. 움직이는 입술로 유추하는 게 전부다. 우리는 이렇게도 소통한다. 소리가 들리지 않아도 서로의 말을 알아듣는 지경까지 왔다. 목말라서 깼어. 나는 소리도 내지 않는다. 입술만 움직인다. 입술이 붙었다가 떨어진다. 무울.

입 모양을 용케 읽어내곤 손가락을 편다. 손가락 끝에는 부엌이 있다. 목이 마르다는 건 핑계다. 그냥 잠들 수 없어서 일어난 거다. 그래놓곤 목이 말라서 깼다고 거짓말을 한다. 김동영은 기꺼이 속아준다. 방금 전까지 침대에 기대고 앉아서 노래를 듣고 있었으면서.

눈을 감고 있는데 음악 소리가 들렸다. 김동영이 꽂고 있는 이어폰에서 흘러나오는 음표가 어두운 방을 채웠다. 제목조차 읽을 수 없는 팝송을 틀곤 침대에 기대 자리 잡았다. 아무것도 하지 않는다. 나는 눈 뜨고 가만히 지켜본다. 어둠 속에서는 내 뜬 눈이 보이지 않을 거라 믿었다. 빨리 자. 김동영은 귀신처럼 알아챘지만 말이다. 얌전히 눈을 감고 흘러나오는 음악을 들었다. 한참 후에 김동영이 방 밖으로 나간다. 그럼 나는 다시 눈을 뜬다. 문을 닫는 손을 쳐다본다. 자는 것도 아니고 깨어 있는 것도 아니다.

부엌을 둘러봐도 정수기 같은 건 보이지 않았다. 눈치껏 냉장고 속 생수를 꺼내 유리잔에 물을 따랐다. 쪼로록 흘러내리는 소리가 경쾌하다. 차가운 물을 한 모금 넘기자마자 베란다 문이 열린다. 시린 바깥 공기가 실내에 순환된다. 공기가 차가워진다. 이 추운 날에 김동영은 달랑 반팔 하나 입고 담배를 피운다. 초가을 바람이 낯설다. 바람에서 가을 냄새가 난다. 가로등 불빛에도 조금씩 앙상한 가지로 변화하는 나무가 또렷하게 보인다. 계절을 잊고 살았다. 차가워진 팔을 손바닥으로 문지른다. 손바닥의 온기가 팔로 옮겨간다. 추워? 김동영이 묻는다. 아냐 괜찮아. 나는 대답한다. 어깨 위로 담요 하나의 무게가 더해진다. 지는 반팔 입고 나가서 담배 피운 주제에 나를 걱정한다. 소문 팔고 싶다. 반장은 사실 정 많고 따뜻한 호랑이라고.

“영아.”

영아, 하고 부른다. 반장. 김동영. 동영아. 자기야. 그다음은 영아.

"왜?"

"그냥 불러봤어."

시시하게 질문하고 시시하게 대답한다. 잠들 수 있을 것 같지도 않아서 티비 틀고 래퍼들이 마더 뻐커 하는 거나 본다. 재네는 왜 맨날 엄마만 욕하냐? 마더 뻐커가 뭐야. 왜 빠더 뻐커는 안 해?

"너 좀 신기한 것 같아."

"뭐가?"

"그냥."

만물 공통어다. 그냥. 아니 말을 해봐. 내가 왜 신기해? 나 그런 말 듣는 거 좋아해. 특이하다. 신기하다. 독특하다. 내가 대단한 사람처럼 느껴지는 단어들이야. 뭐랄까, 괴짜? 맞아. 그런 느낌 좋아해. 그러니까 말해줘. 내가 왜 신기해?

"남들과 다른 사상을 가지고 있는 것 같다고 해야 하나?"

"예를 들어?"

"저거 봐봐. 재네는 욕하면 환호해."

"근데?"

"너는 그 욕에 불만을 가져. 왜 엄마만 욕하냐고 따지잖아."

나는 왜 따졌을까? 이유는 상관없다. 어쨌든 나는 이제 예쁘고 귀엽고 웃기고 신기하고 남들과는 다른 사상을 가지고 있는 애 됐다.

졸다가 담배 피우고, 책 읽다가 티비 좀 보고. 그러다 보면 높게 솟은 아파트들 사이로 해가 올라온다. 김동영은 한숨도 자지 않는다. 어머니 만나러 간다며. 내가 했던 말들도 전부 기억한다. 김동영이 그 말을 하자마자 진동이 울린다. 응, 엄마. 잘 잤어? 안부를 물었다. 분명 그러려 했다.

"응. 잘 잤지."

"엄마, 우리 오늘 말고 다른 날에 만날까?"

"왜?"

"좀 급한 일이 생겼어."

무슨 일 있는 건 아니지? 걱정하는 물음과는 다르게 엄마의 목소리는 담담했다. 직장도 없고, 친구도 없고, 나밖에 없는 우리 엄마. 내가 없는 게 더 행복할지도 모를 우리 엄마. 아들이야? 한참 엄마를 걱정하다가도 수화기 너머의 말소리를 잇는 통신망이 원망스러워졌다.

"누구랑 있어? 엄마."

"친구랑 있어."

"엄마 친구 없잖아?"

“아냐. 엄마도 친구 있어.”

알겠어. 나중에 언제 만날까? 질문에는 답하지 않는다. 엄마, 나 바쁘니까 나중에 연락할게. 전화는 끊긴다. 동영아, 나 래퍼할까? 마더 뻐커 말고, 빠더 뻐커 남발하면서. 나 새아빠가 또 생긴 것 같아. 그런데 이제 난 어떡하지?

“뭘 어떡해?”

“나 돈도 없어.”

“상관없어.”

나는 상관있어. 이제 굶어 죽거나 추워서 죽거나 하는 거 시간문제야. 집에 혹시 신문지 있어? 나 덮고 잘 것도 없어. 이번 가출로 교훈을 얻었다. 집 나올 땐 이불 챙겨서 나오기. 아저씨들이 자기 자리라고 비키라고 하면 어쩌지? 나도 모자 놓고 무릎 꿇고 있어야 되나? 근데 나 모자도 없는데. 너 혹시 모자 있어? 벙거지 같은 거 하나만 빌려주면 안 돼?

“대체 무슨 소리를 하는 거야?”

"엄마랑 만나서 살 궁리를 하려 했는데, 방금 내가 약속을 깼어."

"근데?"

"뭐가 근데야. 이제 살 궁리도 못 한다는 거지."

엄마의 목소리를 들으니 앞으로의 생활은 엄마와 함께하고 싶지 않아졌다. 돌연 불효자가 된 것 같다는 생각도 들었다. 어쩌자고 엄마를 끌고 나와서. 괜히 엄마를 더 힘들게 하는 건 아닌가 싶었다. 그래서 약속을 미뤘다. 엄마가 집에 돌아간다고 하더라도 그 선택에 방해가 되고 싶진 않았다. 엄마는 나보다 똑똑했다. 금융 회사에 다니다가 나를 가지는 바람에 반 강제적으로 퇴사를 했다. 그렇게 주부라는 틀에 묶였다. 나는 더 이상 엄마를 괴롭힐 수 없다. 내 같잖은 의견으로 똑똑한 엄마의 선택을 묵살하는 건 못할 짓이다.

그게 뭐가 문제야? 그냥 여기 있으면 되잖아. 숙식 제공 다 해줄게. 오케이? 원하면 기호 식품까지. 어차피 나 혼자니까 괜찮아. 뭐가 문제야? 나중에 만나자고 했잖아. 나는 언제 만날지도 몰라. 네가 약속을 깨놓고 이제 와서 무슨 후회를 해? 김동영은 내가 어떤 생각으로 약속을 미뤘는지 앞으로 어떤 계획을 세우고 있는지 알지 못했다.

"싫어. 나 민폐 끼치는 거 싫어해."

조건 없는 선의는 동정이다.

"그럼 너도 내 부탁 하나 들어줘."

"뭔데?"

내 짝꿍 해. 김동영은 웃으면서 말한다. 내 짝꿍 해. 햇빛이 쨍하게 들어오는 창 가까이엔 흩날리는 먼지가 선명하다. 어젯밤엔 찾으려고 해봐야 찾을 수도 없던 먼지가 시선이 닿는 곳마다 있다. 이 집은 햇빛도 잘 들어오네. 장점만 보기로 했다. 우리 집은 해가 뜨는지 달이 뜨는지도 모르는데. 일어나도 어둡고 잘 때도 어두워서 지금이 아침인지 저녁인지도 몰라. 장점을 생각하려면 단점이 존재해야 한다는 사실을 깨닫고 내 환경을 단점으로 써먹는다. 쓴 침을 삼킨다.

웬 짝꿍. 짝꿍이라는 단어가 낯설어서 손가락 마디를 매만진다.

지금 내 짝꿍이 누구인지 생각한다. 1학년 입학했을 때부터 지금까지 계속해서 내 짝꿍은 성범이었다. 옛정을 버려야 한다 생각하니 괜히 미안해졌다. 성범이는 그럼 어떡하나? 김동영의 짝꿍이 누군지 생각한다. 누구더라?

"너, 나 좋아해?"

"아니."

"근데 왜?"

"네 짝꿍이 싫어서."

"나 왕따인데."

나 왕따인데. 뒷말은 생략한다. 나 왕따인데, 괜찮아? 너 왕따랑 놀아도 괜찮아? 물론 나는 왕따라고 생각하지 않는다. 근데 남한테 말할 때는 왕따라고 한다. 이유는 없다. 마음이랑 입이 따로 논다.

"지금은 아니잖아."

"지금은 왕따 안 같아?"

"당연하지."

"왜?"

"나랑 붙어 다니니까."

자신의 영향력을 알고 있는 사람의 힘은 위대하다. 영향력을 선하게 쓰면 포용이 되고 영향력을 악하게 쓰면 한낱 쓰레기가 된다. 김동영의 영향력은 나에게만 선하다. 김동영의 짝꿍이 누구인지 생각났기 때문이다. 성범이 가능? 난 가능. 김동영의 영향력은 성범이에겐 악하다. 그러니까 성범이의 입장에서 보면 김동영은 쓰레기다. 내 입장에서 보면 포용이다.

성범이를 배신하라는 거네? 좋아. 나는 이렇게 성범이를 배신한다. 사실상 성범이는 소문으로 나랑 김동영을 팔아서 친구를 얻었다. 이게 팩트다. 그러나 내 기준에서 성범이는 그렇게 나쁜 애는 아니다. 성범이 소문 덕에 나는 이제 왕따에서 벗어났다. 사실 왕따도 아니었다. 자발적 아웃사이더가 되려다 잘못 얽힌

것뿐이다. 내 친구라곤 김동영밖에 없지만, 동영이는 전교 회장이다. 전교생이 믿을 만하다고 한 표를 행세한 학교의 얼굴이란 말이다. 나는 김동영의 자기이고, 그러니 가능? 이라는 말에 오르내리더라도 결과적으로 내가 비누 주울 일은 없다는 거다.

물론 김동영은 나 좋아하지 않는다. 나는? 좋아하는 것 같기도 하고. 왜냐면 난 김동영처럼 헤테로가 아니니까. 개. 씹. 개씹. 헤테로는 더더욱 아니니까. 씹이라는 말 쓰지 말라고 언급 금지 걸었는데 내가 쓴다. 나는 이중 잣대 오지는 한 입으로 두말하기 달인이다.

"영아. 너는 나 안 좋아하면서 왜 나 챙겨?"

"착각하지 마."

가끔 이렇게 말이 안 통할 때도 있다. 이럴 때마다 의아해진다. 나와 동영이의 차이점은 사람을 보는 시선이다. 편견 없는 세상을 살고 싶다는 내 꿈. 동영이는 정확하게 그 꿈을 살고 있다. 내가 말하는 삶에 정답이 있다면 그게 바로 김동영이라는 공식이 성립된다. 내가 김동영이라면 나한테 절대 아는 척하지 않았을 거다. 아는 척을 하지 않는 게 아니고 자기 할 말만 하는 게 맞을 거다. 네까짓 게 감히 내 삥을 뜯냐 하면서 아이스크림을 얼굴에 비볐을 테지.

그런데 동영이는 안 그랬다. 오히려 안녕 친구야, 하면서 반갑게 손을 흔들었다. 내가 돈 달라고 했는데도 우리는 친구가 됐다. 가진 것도 없으면서 자존심만 센 나에겐 있을 수 없는 일이었다.

5장. 우상

낙타는 그저 묵묵히 짐을 짊어지고 고독하고도 막막한 사막을 걸어갈 뿐이다. 이 세계에 던져진 자신의 운명을 어쩔 수 없이 그렇게 정해진 것이란 체념으로 체제에 순응하고 권위에 순종하며 고단한 삶에 떠밀려 매일같이 마주하는 막막함을 향해 발을 내딛고 있는 군상들이다.

— 프리드리히 니체, 『짜라투스트라는 이렇게 말했다』

나는 무리에 속하고 싶었다. 이를테면 교복을 입고 담배를 피운다거나, 수업 시간에 학교 담장을 넘어 떡볶이를 사 먹는 학생. 그렇게 땡땡이를 치다가 교실에 들어와도 헤헷 쌔앰, 하면서 애교 한번 떨면 전부인 학생. 밴드부에 들어가 학교 축제 무대에 올라가 누구야 사랑한다 외치면서 전교생의 주목을 받는다거나, 옆 학교에 혹은 옆옆 학교에 또는 이 동네 모든 학교에 너 개 알아? 라고 물으면 모두가 고개를 끄덕이는 그런 존재감 있는 학생. 일진이라고 하던가? 양아치라고 했었나?

오토바이를 타고 다니면서 양아치 소리를 듣는 그들을 동경하던 내 이름은 왕따. 좀 더 깊게 설명하자면 자발적 왕따. 야망 있고 꿈도 큰데 뭐 하나 제대로 이루지는 못하고 뒤에서 흉내만 내는 애.

하루는 유행하는 패딩을 샀다. 시대에 맞춘 것도 아니고 남들 다 버릴 때 삼촌을 졸라 기어이 손에 얻었다. 한발 늦었지만 굴하지 않았다. 떳떳했던 과거는 패딩의 색깔이 증명한다. 빨간색. 튀라고. 그 패딩을 입고 학교에 가면 너도 이제 무리에 끼워주마, 할 줄 알았다. 나는 그날 처음 알게 된다. 무리에서는 각자의 색이 있다는 것. 겹치는 색이 없어야 한다는 무언의 룰이 존재한다는 것. 그래도 나는 만족했다. 복도를 걸으면 인사해주는 애들이 생겼으니까.

복도 끝에서 파란색과 검은색 패딩이 안녕, 하고 인사한다. 나는 머쓱하게 손을 흔든다. 그럼 에이씨, 종석인 줄 알았네, 하고 지나간다. 종석이는 우리 중학교 짱이다. 매일 수업 땡땡이치는 건 물론이고 학교 규율까지 전부 어긴다. 그러면서도 당당하게 산다. 내 롤 모델이었다.

종석인 줄 알았네. 그 말이 내 욕망에 불을 지핀다. 나보고 종석인 줄 알았다니? 나는 그날부터 지독하게 종석이를 따라 한다. 그럼 알아채는 애들이 생긴다. 야, 재 점점 종석이랑 비슷해지지 않냐? 주사도 무서워서 엉엉 우는데 귀를 뚫는다. 뚫린 왼쪽 귓불의 구멍을 넓힌다. 검정 피어싱을 끼운다. 기괴하다. 멀쩡한 살을 뚫는 것으로도 모자라 그 구멍을 늘리다니. 그래도 어쩔 수 없다. 종석이는 그렇게 하니까.

노란 장판 위에 신문지를 겹겹이 깔고 앉는다. 싸구려 탈색 약을 물에 타서 머리에 덕지덕지 바른다. 암모니아 냄새가 뇌까지 차는 것 같다. 숨을 참고 마저 바른다. 그 짓을 세 번 반복한다. 두피가 따갑다. 머리카락에 수분이 빠진다. 뚝뚝 끊긴 하얀 단백질이 신문지 위에 뒹군다. 아빠는 사내새끼가 계집애처럼 뭐 하는 짓이냐며 소리를 지른다. 종석이는 우리 학교 짱인데 이렇게 해요. 오늘도 속으로만 생각한다.

이렇게 누군가를 따라 하다보면 일이 터진다. 무언가를 따라 한다는 건 그 사람의 특성을 카피하거나, 그 사람의 노력을 짓밟는 일이 될 수 있다는 사실을 학습한다. 표절. 그 당시에는 노래도 불법 사이트에서 다운받아 들었고 영화도 불법 사이트에서 재생했다. 그래서 그랬다. 표절이 뭔데요? 머리를 따라 하는 것도, 옷을 따라 입는 것도 표절이 되나요?

하루는 패딩을 입고 낡아 찢어진 피씨방 의자에 앉아 포털 사이트에 똑같은 질문을 여러 개 올렸다. 답변은 형편없었다. 나 오늘도 불법 다운했는데 아무도 안 잡아갔음ㅋㅋ. 나는 채택 버튼을 누르고 욕을 했다. 표절과 불법 다운의 상관관계를 고민한다. 내공 냠냠보다는 나아서 주는 거다, 라며 코멘트 달았다. 없는 배짱을 끌어 모은다. 내공 30이 아까웠다.

언젠가부터 종석이는 자연스레 내 친구가 됐다. 말만 친구지 셔틀이 됐다. 물론 셔틀은 나였다. 핸드폰 셔틀. 종석이는 아직도 폴더폰을 쓴다. 아침에 등교하면 난 종석이한테 폰을 반납한다. 내 것인데도 반납한다. 내 명의의 핸드폰이지만 반납이라는 단어가 맞다. 내가 가지고 있는 시간보다 종석이가 가지고 있는 시간이 더 많기 때문이다. 홈쇼핑에서 엄마가 사준 건데, 3년 약정 할부로. 엄마 생각을 하니 눈물이 난다. 종석이 무리가 모자란 새끼라고 놀릴까봐 하품하는 척 크게 입을 벌린다. 하암. 소매로 눈물을 닦고 눈치를 본다. 어색한 하품이었다. 하지만 괜찮다. 아무도 나한테 신경 쓰지 않는다.

수업 시간만 되면 뒤에서 지우개 가루가 날아온다. 뒤돌아보면 종석이가 너도 해, 하면서 지우개 하나를 던져준다. 나는 손톱으로 열심히 지우개 모퉁이를 뜯는다. 그러나 던지지는 못한다. 종석이가 던진 지우개를 맞으면서 못 당하겠다는 듯이 아얏 아얏

하며 몸을 웅크리기 바쁘다. 던질 수 있지만 던지지 않는다. 종석이가 무섭기 때문이다.

어느 날은 부탁 하나를 받았다. 혹시 담배 숨겨줄 수 있냐. 종석이가 묻는다. 나는 잠시 고민한다. 담배 피우는 종석이를 동경했지만 내가 담배를 피우고 싶다는 생각은 한 적이 없었다. 담배를 구하는 방법조차 몰랐기 때문이다. 종석이 담배를 숨겨주면 몰래 담배 한 대 정도는 훔쳐 피울 수 있지 않을까 대가리를 굴린다. 하지만 생각보단 입이 빠르다. 미안해엥. 안 될 것 같아앙. 종석이의 표정이 썩는다. 잘못한 것도 없는데 괜히 작아진다.

유치원에 다닐 적엔 아역 모델이었고 초등학교 땐 학교가 끝나자마자 학원에 가서 밤 열한 시에 집에 들어갔다. 그런데도 시험 점수는 바닥을 기었다. 의아한 일이다. 머리는 좋지 않았지만 나름대로 모범생이었기 때문에 불순한 생각으로 머릿속을 꽉 채우더라도 정작 실행에 옮기진 못했다. 그게 나의 장점이고, 그게 나의 단점이다.

학원에선 매일 혼났다. 이 반에서 네가 제일 못해. 학원 선생님은 애들 앞에서 이마에 핏대를 세운다. 흥분한 선생님의 얼굴 근육이 움직인다. 그러다 토마토처럼 빨개진다. 나는 속으로 욕한다. 저 씨발놈. 넌 우리 할머니가 원장님한테 전화해서 이르면 해고야. 권력도 없는 주제에 권력을 사랑했다. 갑질. 갑이 아니었음에도 갑이길 바랐다.

학교 체육 시간이 되면 가위바위보로 편을 가른다. 이긴 사람이 한 명씩 지목해 자신의 편으로 데려가는 형식이다. 나는 항상 맨 마지막까지 남았다가 결국 깍두기가 된다. 인조 잔디밭에서 깍두기 임무에 충실한다. 남자애들 발끝에서 굴러다니는 공을 따라 어슬렁거리고 있으면 주머니에서 진동이 울린다. 신발주머니에 빵하고 우유 넣어놨어. 학원 가기 전에 먹어.^^~

엄마다. 내가 깍두기인 걸 엄마가 봤을까봐 두리번거린다. 운동장에 엄마는 없다. 체육 시간이 끝나고 신발주머니에 들어 있는 빵과 우유를 확인한다. 부스럭대는 소리에 반 애들이 몰려와서 뭐야? 뭐야? 한다. 머쓱하게 웃으면서 엄마가 주고 갔어, 하고 대답한다. 애들은 부럽다는 눈초리로 쳐다본다. 너넨 집에 가면 엄마 있잖아. 불쌍해 보일까봐 말하지 않았다.

나는 엄마에 대해 잘 모른다. 엄마가 뭘 좋아하는지도 모르고 뭘 싫어하는지도 모른다. 나는 어릴 때부터 할머니와 함께 살았다. 내가 제 시간에 씻지 않거나 게임을 많이 하면 파란 트럭에 태워서 이모네 집 앞에 내려줬다. 너 이제 여기서 살아. 할머니는 날 협박한다. 난 울면서 협박당한다. 이모가 운영하는 식당에서 숟가락 젓가락을 테이블 위에 세팅한다. 한 삼 일 그러고 있으면 파란 트럭이 가게 앞에 멈춘다. 그럼 난 다시 그 트럭에 올라타 집으로 돌아온다. 또 그러면 진짜 이모네 집에 버릴 거야. 나는 또 협박당한다.

할아버지는 집에서 게임만 하고 있는 나에게 친구를 만들어주겠다며 안전 속에서 끌어낸다. 놀이터에서 놀고 있는 내 또래 하나를 잡아다가 친구하라고 강요한다. 걔는 알겠다고 고개를 끄덕인다. 우리는 그 후로 매일 같이 놀았다. 친구가 생겼다는 게 좋았다. 걔네 집에 찾아갔더니 과외를 한단다. 나는 집에 돌아온다. 다음 날 또 찾아가면 저녁 먹을 거라 안 된단다. 나는 다시 집에 돌아온다.

심부름을 가다가 밖에서 놀고 있는 걔를 만난다. 나 심부름하고 와서 같이 놀자. 신나서 말하면 미안, 우리 엄마가 너랑 놀지 말래, 하는 답변이 돌아온다. 나는 다시 집에 처박힌다. 할아버지가 묻는다. 걔가 안 놀아주니? 그냥이라고 대충 둘러댄다. 나는 다시는 친구 안 사귈 거라 다짐한다.

가끔 집에 엄마가 온다. 나는 엄마인 줄도 모른다. 엄마라니까 엄마인가보다 한다. 초등학교에서는 매년 가족 관계를 작성하라며 에이포 용지를 나눠준다. 가족의 의미가 어디까지인지 모르겠다. 쓸 부와 모가 없어서 할머니 할아버지 이름을 쓴다. 삼촌도 적는다. 뒤에서 앞으로 전달하라는 선생님의 말이 원망스럽다. 친구들이 볼까봐 두려웠다.

엄마는 오백 피스짜리 퍼즐을 내밀며 이걸 다 맞추면 돌아오겠다는 말과 함께 사라진다. 나는 뭘 안다고 고개를 끄덕인다. 함께 살지 않는 엄마였다. 영영 돌아오지 않는다고 해도 달라지는 게 없을 것 같았다. 그 후에 그 퍼즐은 티비 위에서 먼지만 쌓이다가 어느 날 사라진다. 내가 엄마를 갈망하는 마음은 작은 퍼즐을 맞추는 의지보다 적었다.

학원 국어 선생님은 잘생겼다. 친구들은 잘생긴 게 아니라 잘 생긴 거라고. 그러니까 눈, 코, 입 다 제대로 달려서 잘 생겼다고 말한다. 국어 선생님이 질문한다. 이거 맞추는 사람, 선생님이 아이스크림 사줄게. 학원 강의실에 있는 애들의 몸이 앞으로 쏠린다. 서술하는 사람을 한 단어로 표현하면?

일동 침묵.

그 와중에 나는 또 생각보다 입이 빠르다. 생각도 안 했는데 대답이 나온다. 입술이 저절로 움직이고 목소리가 저절로 나온다. 서술자. 존댓말도 안 한다. 나는 내가 말했다는 사실도 자각하지 못한다. 내가 말하고도 두 손으로 내 입을 막는다. 헉.

선생님은 큰 손으로 몇 번 박수 치더니 쉬는 시간에 오면 아이스크림을 사주겠다고 한다. 그 후에도 수업은 이어진다. 수업 내용은 한 귀로 들어와 반대쪽 귀로 흘러나간다. 쉬는 시간 종이 치면 선생님은 다음 수업 잘 들으라며 책을 겨드랑이에 끼고 나간다. 선생님이 수업에 열중하느라 내 아이스크림을 잊어버린 것 같다. 말해야 하나 말아야 하나 고민한다. 결국, 입 다물고 다음 수업을 들었다.

쉬는 시간 종이 치면 국어 선생님이 급하게 들어와 잊어버려서 미안하다며 천 원을 쥐여준다. 넙죽 받아 감사합니다, 하면서 허리를 숙인다. 선생님은 내 머리를 쓰다듬고 간다. 심장이 쿵쾅거린다. 천 원이 설렌 건지 선생님이 설렌 건지 모른다. 전자일 것이라 생각하고 잊는다.

그 후에도. 그다음에도. 그다음 다음에도. 그다음 다음 다음에도.

그다음 다음 다음 다음 다음 다음 다음. 계속. 나는 국어 시간마다 가슴을 부여잡는다. 나는 국어 선생님을 좋아한다. 사랑한다. 그게 아니고서야 심장이 이렇게 뛸 리 없다. 근데 내가 선생님을 사랑해도 되나? 의문이 든다. 우린 둘 다 남자인데.

그 무렵 학교에서는 게이라는 말이 유행한다. 너 게이냐? 너 게이지? 남자애들은 서로 가랑이 사이를 만지면서 오오, 한다. 진짜 더럽고 저질이다. 그러면서 서로를 게이로 몰아간다. 나는 컴퓨터 시간에 몰래 검색한다. 기역. 어이. 이응. 이. 남자끼리 사랑을 하는 것을 게이라고 말한단다. 이성끼리 사귀는 건 뭐라 그러지? 의문이 든다. 커플? 애인? 근데 왜 남자끼리 사귀는 건 게이라고 하지? 나는 게이인가? 국어 선생님 사랑하니까.

수학여행에 가서는 진실게임을 한다. 너 이상형 누구야? 나는 민지. 나는 현주. 나는, 국어 선생님. 그러면 다들 눈이 커진다. 오오! 예쁘냐? 벽돌로 대가리 치고 싶다. 민지랑 현주가 불쌍해진다.

초등학교 6학년이 되던 해에 엄마가 돌아왔다. 나는 할머니와 이별했다. 나도 엄마가 생겼다. 아싸. 친아빠는 다른 아줌마랑 재혼했단다. 별 상관없다. 애초에 아빠 나이도 혈액형도 생일도 모른다. 모르는 사람이다. 할머니는 주름진 손등으로 눈물을 훔친다. 이모네 집에 버린다고 협박할 땐 언제고 이제는 아쉬운가보다. *있을 때 잘해. 후회하지 말고,* 라는 노래 가사가 괜히 생긴 게 아니다. 마음으로 인사한다. 여태까지 키워주셔서 감사했고 진짜 보고 싶을 겁니다. 그렇게 협박받고도 정은 넘쳤던 나. 좋은데 싫고, 싫은데 좋다. 물론 누구랑 살래? 하면 당연히 엄마라고 대답할 거다. 지옥 끝 행복 시작이라 생각했다. 근데 지옥도 레벨이 있더라. 야호. 나 아빠도 생겼다.

지옥 2로 레벨업했다.

"엄마. 그냥 할머니랑 같이 살면 안 돼?"

"가고 싶으면 너 혼자 가."

"같이 가자. 할머니랑 살면 돈 걱정도 없고 행복하게 살 수 있어."

"할머니가 너 키우기 싫대서 내가 데려온 거야."

타인의 입에서 전해지는 믿을 수 없는 진실은 불신을 키운다. 물어보고 싶었다. 할머니, 진짜 나 키우기 싫어서 보낸 거야? 나 떠나던 날에 울었으면서. 머릿속에만 맴도는 질문. 진실로 판명나면 나는 어디로 가야 하고 어떻게 살아야 하는지 모르니까. 그냥 버티기로 한다. 존나 버티기. 내 인생에도 볕 들 날 있겠지.

엄마랑 새아빠가 일하러 나가면 나는 할머니랑 싸운다. 새할머니다. 어린 아이가 화를 표출할 수 있는 방법은 하찮고 보잘것 없다. 문 세게 닫기. 그러곤 쫀다. 바람 때문에 그런 건데요. 말도 안 되는 변명을 늘어놓는다. 너는 어린 게 싸가지 없이 어쩌고저쩌고. 이럴 때 하는 말이 있다. 나이가 벼슬이냐?

6장. 헤테로섹슈얼

중국의 선비가 한 기녀를 사랑하게 되었다. 그 기녀는 선비에게 '선비님께서 만약 제 집 정원 창문 아래서 의자에 앉아 백일 밤을 기다리며 지새운다면, 그때 저는 선비님 사람이 되겠어요'라고 말했다. 그러나 아흔아홉 번째 되던 날 밤 선비는 자리에서 일어나 의자를 팔에 끼고 그곳을 떠났다.

—롤랑 바르트, 『사랑의 단상』

처음에는 궁금했다. 나, 종석이 사랑하나? 곧 아니라는 걸 깨달았다. 나는 종석이랑 뽀뽀 못 한다. 하고 싶지도 않다. 그러니까 이건 그저 동경이다. 세상에 얼마나 동경할 사람이 없으면 나는 개 못생긴 종석이를 동경한다. 종석이는 한여름 달궈진 아스팔트에 얼굴 비빈 것 같이 생겼다. 이 말 하면 나는 종석이한테 죽겠지?

미안해엥. 안 될 것 같아앙. 버릇이 하나 생겼다. 강자에게 아양 떨기 위해 말꼬리를 늘리는 것. 종석이는 불쾌한 표정으로 알겠다며 폰이나 달라고 손을 내민다. 곰 같은 손바닥에 하얀 스마트폰을 올려준다. 저 손에 맞고 집에 가면 우리 엄마가 슬퍼할 거다.

나는 엄마한테는 순종적이다. 비록 사회에서는 권력자에게 비비는 신세지만 어디 가서는 분명 자랑스러운 아들이다. 우리 아들은 아역 모델도 했었어. 우리 아들은 받아쓰기도 잘 했었어. 전부 과거형이라는 게 문제지만 하여튼 그렇다.

종석이가 교복 바지를 줄여 입고 왔다. 나는 고민한다. 우리 엄마는 내가 그저 모범생인 줄 안다. 새아빠의 집은 경기도에 위치했다. 그 덕에 등교 시간보다 2시간 30분가량 먼저 일어나 등교 준비를 해야 했다. 그 덕에 나는 경기도에서 천 원이 넘는 버스를 타고 한 시간 반을 달려서 서울로 등교하는데도 불평 하나 없는 착한 아들이 됐다. 그래서 몰래 교복 바지 하나를 더 산다. 줄인 교복은 보일러실에 숨긴다. 나는 착한 아들이니까. 그래야 하니까.

도토리를 선물해달라는 말에 끼고 싶어서 미니홈피에 가입한다. 일촌 신청을 누르니 창 하나가 뜬다. 서로 부르고 불릴 애칭을 써야 한단다. 검은 하트. 빈 하트. 미음 한자 눌러 대충 적고 일촌 신청을 누른다. 일촌평이 하나 달린다. 하트 뭐냐? 존나 게이 같아. 응. 너는 존나. 존나. 으음. 아직도 게이의 반대말을 찾지 못했다. 레즈 말고. 이성애자를 가리키는 단어. 모르겠어서 그냥 웃는다. 인터넷 세대에 걸맞게 텍스트로 웃는다 ㅋㅋㅋㅋㅋㅋㅋ. 무표정인데 텍스트는 신나 보인다. 토탈 1. 한 자릿수가 우습다. 네모 픽셀로 만들어진 캐릭터가 방안에 홀로 서 있다. 내 모습을 보고 있는 것 같아 특히나 더 안쓰럽다.

파도타기해서 종석이 미니홈피에 들어가 본다. 투데이 120에 배경 음악까지 있다. 나는 토탈 1인데 종석이는 투데이 120이다. 일촌평도 넘친다. 부랄친구 이지석. 평생짱친 황우영. 이렇게 하는 거구나. 오늘도 하나 학습한다. 종석이한테 일촌 신청을 건다. 부랄짱친 황종석. 부랄짱친. 어감도 웃기고 단어도 웃기고 어디 하나 정상인 단어가 없다. 짱인 친구 앞에 왜 부랄이 들어가는 거지? 이상한 포인트를 잡고 웃는다.

언젠가부터 종석이는 학교에 안 나온다. 학교에 짱이 없으니 왼팔과 오른팔들이 설친다. 설침에 나도 한몫한다. 그렇게 나도 친구들이 생겼다. 일촌 맺을래? 그래. SNS 친추할래? 내가 걸게. 우리는 미니홈피에 이어 SNS까지 친구를 맺는다. SNS에 글이 올라온다. 1학년 새끼들이 빠져가지고 선배들한테 인사도 안 하더라.

1학년 명찰은 파란색. 2학년은 빨간색. 3학년은 초록색. 그 글 올라온 다음 날부터 파란색들은 복도에 정수리를 붙이고 다닌다. 빨간색들은 주머니에 손을 꽂고 잔뜩 허세를 부리다가 초록색이 보이면 복도 양 갈래로 갈라져서 안녕하십니까 선배님! 한다.

여기저기 들려오는 중고등학생의 실태에 어른들은 저런 애들이 커서 뭐 될까? 하면서 혀를 쯧쯧 찬다. 뭐가 되긴요. 당신 같은 어른 되겠지.

줄인 교복을 입고 집에 가다가 아빠한테 들켰다. 아빠는 다짜고짜 주먹을 들었다. 주먹으로 내 머리를 친다. 아빠는 요즘 애들이 어떻게 다니는지에 대해서는 관심이 없다. 관심은 오직 나에게만 있다. 그러니까 아빠한테는 내가 짐이다. 사랑하는 여자의 아들이니 어쩔 수 없이 키우고는 있지만, 실상 의식주나 축내는 혹 덩어리 그 이상도 이하도 아닌 거다. 새아빠라서 그런가?

"넌 진짜 이럴 땐 줘 패고 싶어."

이미 주먹으로 내 머리를 쳤으면서 뒤늦게 말이 따라붙는다. 나는 이 상황에서 또 종석이를 따라 한다. 약육강식. 종석이라면 어떻게 했을까? 짧은 시간 동안 생각한다. 필터링은 따로 거치지 않는다.

"아빠는 주둥이가 문제야."

낮고 조곤조곤하게 시작한다. 그리고 점점 목소리를 높인다. 나라고 아빠 패고 싶었던 적 없을 것 같아? 그다음엔 비속어를 섞는다. 그걸 입 밖으로 내뱉어서 사람 기분을 씨발 존나 빡치게 하니까 그게 문제라고.

아빠는 벙쪄서 어버버한다. 아무런 대꾸도 못하고 얼굴만 벌게진다. 그리고 라스트.

"나, 아빠 죽이는 상상해 맨날. 아빠 너는 모르지? 씨발."

그 후엔 내 얼굴이 빨개진다. 볼이 붓는다. 생전 듣도 보도 못한 욕을 학습한다. 내 할 말은 다 했으니 귀를 닫는다. 지금부터 아빠가 씨부리는 말은 나와 상관없다. 어쨌거나 나는 욕을 했고 아빠는 들었다. 나는 이제 약자가 아니고, 오늘 싸움은 아무리 봐도 내가 이겼다. 맞은 볼이 얼얼하다.

학교에 가면 난리가 난다. 너 누구랑 싸웠어? 부은 볼 덕에 순식간에 스타가 된다. 엉. 옆 학교 애랑 맞장 떴어. 누가 들어도 믿지 않을 거짓말을 한다.

근데 모여 있는 애들은 다 감탄사를 뱉는다. 와. 우와.

그날부터 나는 학교의 짱이 된다. 근데 아직 권력을 누리는 법을 모른다. 그래서 종석이가 했던 짓을 그대로 따라 한다. 지우개 가루 던지기. 지우개 가루 맞은 애들은 아무런 말도 못 한다. 쟤가 옆 학교 애랑 맞장 떠서 이겼대. 남 얘기하기를 좋아하는 애들 덕에 나는 주먹 한 번 안 휘두르고 학교 짱 자리를 먹는다.

얼마 후 종석이가 학교에 돌아온다. 돌아온 종석이는 그날부터 다시 지우개 가루 던지기를 시작한다. 기껏 쌓아온 권력이 무너진다. 보는 눈이 많아 종석이한테 지우개를 통째로 던졌다. 그랬다가 종석이한테 맞았다. 좆만 한 게. 계속 봐주니까 내가 허벌로 보이지? 네 놈 새끼 비누 줍고 싶냐? 나는 남자도 따먹어. 너 게이라며? 남자애들한테 일촌 걸 때 하트 붙이고 다닌다며? 더러운 새끼.

억울하다. 게이는 맞는데 걔네들을 좋아해서 하트를 붙인 건 아니다. 하지만 정정할 수 없다. 어쨌거나 나는 게이로 낙인찍혔고, 하루 만에 권력을 얻었으나 하루 만에 이빨 빠진 호랑이가 됐다. 소문이라는 게 참 웃기다. 너무 쉽게 사람 호구 만든다.

그래도 다시 왕따가 되지는 않는다. 그저 그런 친구들이 남는다. 걔네 입장에선 놀던 물에 있어본 나를 우상으로 설정하는 거다. 무리에 끼고 싶지만 자신감은 없으니, 떨궈진 나를 통해 그곳의 이야기라도 듣고 싶어 하는 거다.

언제부턴가 우린 더 이상 지우개 가루를 던지지 않았다. 던지는 사람도 없고 맞는 사람도 없다. 나를 무시하는 애들도 없고, 나를 숭배하는 애들도 없다. 이제 조용하고 얌전하게 살아야지. 그저 그런 친구들을 사귀고 그렇게 살아야지. 평범하게. 평범하게. 제발.

동영아. 김동영. 자기야. 영아. 한 박자 늦게 대답 소리가 들린다. 어. 응. 왜? 소파에 눕는다. 우리 집에는 소파도 없는데.

"나 배고파."

"뭐 먹고 싶은데?"

음. 글쎄. 너는 뭐 먹고 싶어? 나는 대답을 미룬다. 살면서 스스로 메뉴를 선택해본 적이 없다. 종석이가 내가 못 먹는 음식을 내 식판에 넘겨줄 때도 으응 종석아, 나는 다 좋아앙 하며 몰래 헛구역질을 했다. 13년 만에 돌아온 엄마가 부모 노릇 하겠다며 뭐 먹고 싶은 거 있니? 라고 물어봤을 때도 응 엄마, 나는 다 좋아잉 하곤 의견을 숨겼다.

"떡볶이 먹을래?"

"난 다 좋아."

나는 돈까스가 먹고 싶어도 누군가가 떡볶이가 먹고 싶다 말하면 알겠다고 수긍하는 삶을 살았다. 떡볶이? 난 다 좋아. 김동영은 떡볶이를 주문한다. 주문하면서 묻는다. 매운 거 잘 먹어? 그럼 형식적인 대답을 한다. 못 먹는데 좋아해. 네 마음대로 해도 돼.

조금 덜 맵게 해주세요. 주문을 마치고 핸드폰을 내려놓는다. 넌 매운 거 못 먹어? 나의 멍청한 질문에 김동영은 첫 끼니잖아, 하고 똑똑하게 대답한다. 역시 전교 일등은 뭐가 달라도 다르다. 근데 그럴 거면 안 매운 음식을 시키면 됐는데 왜 굳이 매운 떡볶이를 시키면서 덜 맵게 해달라고 그래?

"너 물음표 살인마 알아?"

"알 것 같아?"

물음표 살인마를 알고 있냐는 질문에 알 것 같아? 라고 대답하니 손으로 이마를 짚는다. 뭔데? 그게 뭔데에? 김동영은 알려줄 테니까 내가 말하라고 할 때까지 그 어떤 말도 하지 마, 하면서 입술에 검지를 가져다 댄다. 나는 고개를 두어 번 끄덕인다.

좋게 말하면 호기심이 많은 사람이야. 나쁘게 말하면 키보드 워리어야. 열심히 설명하는 김동영의 말을 끊고 키보드 워리어가 뭐야? 하고 질문할 뻔했다. 말 끝나면 물어봐야지. 머릿속에 각인시킨다. 키보드 워리어.

"모든 말을 질문으로 하는 거야. 너처럼."

"내가 모든 말을 질문으로 했다고?"

모든 말을 질문으로 하는 거라는 김동영의 설명에 열 받아서 말하라는 허락도 받기 전에 멋대로 말했다.

"방금도."

"뭘?"

"지금도."

"내가 뭘 어쨌는데?"

진짜 이해가 안 돼서 질문한다. 뭘? 내가 뭘 어쨌는데? 김동영은 고개까지 뒤로 젖히면서 웃는다. 기분 나쁘다. 똑똑하다고 자랑하는 것 같다. 재수 없다. 원래 전교 일등은 다 이러나? 아니지. 전교 회장은 다 이러나? 아니지. 양아치는 다 이러나? 종석이가 이랬나? 아닌데 종석이는 명령만 했는데.

뭐가 그렇게 즐거운지 눈물까지 닦으면서 웃다가 말한다. 아냐. 귀여우니까 계속해. 이젠 내가 웃는다. 똑같이 고개 젖히고 웃는다. 나오지도 않는 눈물을 닦으면서 웃는다. 그리고 말한다. 짜식. 나 귀여운 건 또 어떻게 알아서.

실컷 웃고 있는데 초인종이 울린다. 검은 헬멧을 쓴 사람이 흰 비닐봉지를 건넨다. 만 육천 원입니다. 가격을 듣고 뭔가 잘못된 것 같아서 김동영을 한 번 쳐다봤다. 김동영은 아무 문제없다는 듯 카드를 내민다. 영수증 드려요? 아뇨. 맛있게 드세요. 배달원은 성의 없이 고개를 까딱하고 나간다.

"너 떡볶이 시킨다고 하지 않았어?"

김동영은 비닐봉지를 내 손에 넘겨준다. 묵직한 무게감에 손이 잠시 쳐진다. 바스락거리며 봉지를 열어본다. 야, 이걸 어떻게 다 먹어? 남으면 버리는 거지 뭐. 있는 집 자식은 쿨하다. 근데 얘는 엄마도 아빠도 없다더니 이 돈이 어디서 나는 거지? 나는 또 궁금한 게 생긴다. 배가 고파 일단 질문은 미룬다. 나중에 엄마한테도 말해줘야지. 내 친구가 떡볶이를 사줬는데 세상에 떡볶이가 만 육천 원이라고. 엄마는 떡볶이에 금가루 뿌렸냐며 기절하는 목소리를 내겠지.

헐. 동영아. 대박. 이거 진짜 맛있어. 그냥 떡볶이랑 달라. 근데 개 맵다. 덜 매운 맛으로 달라고 하지 않았어? 따끔한 혓바닥을 내밀고 손으로 부채질한다. 별 효과는 없다. 울상을 짓고 있으니 김동영이 내 입안으로 주먹밥을 밀어 넣는다. 매운맛은 맛이 아니라 통증이라 했던가? 아픈 혀를 달래려 주먹밥을 열심히 씹는다. 속이 쓰리다. 오늘의 교훈. 아침으로 떡볶이는 좀 아닌 것 같다. 물론 따지고 보면 아침은 아니었다. 오후 두 시. 아침 겸 점심. 아침 겸 점심으로도 떡볶이는 아닌 것 같다.

반도 못 먹은 떡볶이 용기에 플라스틱 뚜껑을 덮는다. 동영아 그거 버리지 말고 둬. 두 손을 모아 입에 대고 소리친다. 김동영은 뒤돌더니 왜? 한다. 아깝잖아. 내일 또 먹을 거야. 아니면 오늘 저녁이나. 음식물 쓰레기통 뚜껑을 열던 동영이는 냉장고로 걸음을 돌린다. 저녁은 뭐 먹지? 오늘 저녁에 남은 떡볶이를 먹겠다고 하긴 했지만, 저녁에도 떡볶이를 먹었다간 위에 구멍이 날지도 모르는 일이다.

"동영아."

"어."

"저녁은 뭐 먹지?"

방금 먹어놓고 저녁 얘기를 하고 싶냐며 타박을 준다. 의식주에 기호 식품까지 책임져준다고 한 건 맞지만 어떻게 먹을 거 생각밖에 안 하냐며 잔소리를 늘어놓는다. 짜증난다. 그럴 거면 벙거지 모자나 주고 내쫓지 왜 의식주를 책임져준다고 해서 사람 마음을 붕 뜨게 하냐? 괜히 삐친 척한다.

아무 말 않고 앉아 있으니 적당히 삐친 것처럼 보이긴 했는지 담뱃갑을 보여주면서 권한다. 담배? 아니. 나 비흡연자야. 담배는 김동영이 약속했던 기호 식품이다. 딱히 필요 없는 조건이었다. 나는 니코틴 중독자가 아니니까.

종석이의 담배를 숨겨주고 니코틴 맛 한 번 느껴보려다 포기한 나. 겁보인 나. 교복 입고 담배 피우는 종석이를 동경하지만, 막상 손에 쥐여주면 겁이 나서 쓰레기통에 버리는 나. 고등학교 입학식 전날에 담배를 배웠다. 조용하게 살아야지. 얌전하게. 학교 일진 따라 하지도 말고, 그렇다고 지우개 맞지도 말아야지. 그렇게 다짐한 지 어느덧 2년이 지났다.

새아빠 담뱃갑에서 담배 하나를 훔친다. 근데 어떻게 피우는 거지? 포털 사이트에 검색한다. 포털 사이트에는 별게 다 있다. 빨대로 음료수 마시는 것처럼 빨고 내뱉으면 된다기에 터보 라이터로 불을 붙이고 담배를 빨았다. 그리고 뱉는다. 후우. 연기가 퍼져 나간다. 담배를 처음 피우면 기침이 난다는 말을 만화책에서 본 적이 있다. 나는 왜 기침이 안 나지? 만화에서 본 내용과 달라서 뭔가 이상하다 싶었다.

다시 검색한다. 담배 피우는 법. 담배에도 겉담이 있고 속담이 있다는 답변을 읽고 포기할까 생각한다. 아니야. 중학교 때 나름 노는 물에 있었는데 내가 본새가 있지. 같잖은 본새를 지키려 계속 읽는다. 살다 살다 담배까지 공부해야 하다니. 흡연자들이 새삼 대단하다는 생각을 한다.

담배를 빤다. 흐읍. 들이마신다. 기침이 난다. 성공이다. 근데 기침하면 초짜인 거 티 날까봐 참는다. 머리가 띵하다. 어지럽다. 마약을 하면 이런 기분일까? 구리다. 나중에야 알게 된 건데 이런 걸 삐가리 돈다고 한다더라. 삐가리. 삐가리. 노래 같다. 삐가리 삐가리 삐가리.

"네가 무슨 비흡연자야?"

"진짜야."

"여태 핀 건 뭐야?"

"나는 약자 앞에서만 담배 피워."

내가 약자냐? 김동영이 인터넷소설 같은 대사를 내뱉는다. 나한테 삥 뜯겼으니까 약자 맞았는데 이제는 아냐. 왜? 김동영이 묻는다. 나는 김동영을 물음표 살인마로 만든다. 왜냐고? 왜 이제는 아닌데?

"너는 만 육천 원짜리 떡볶이를 먹으니까."

돈 많은 사람이 강자고 형이고 우두머리고 또 뭐더라? 뭐 그런 거야. 그래도 나한테 지우개는 던지지 마. 나는 지우개로 맞기 싫으니까. 그렇다고 뺨도 때리지 마. 왕따당하기도 싫으니까. 네 무리에 안 끼워줘도 되니까 그냥 나한테 아무것도 하지 마. 나 건들지 마.

내가 너를 왜 괴롭히냐? 착각하지 마. 아까부터 김칫국 항아리로 마시네. 나는 그냥 조성범이 싫어서 짝꿍을 바꾸려는 거고, 우리 반 애가 벙거지 모자 들고 구걸한다는 소리 들으면 전교생을 돌봐야 할 의무가 있는 전교 회장의 명예가 실추될까봐 도와주는 거야. 그리고 우리는 기브 앤 테이크한 거잖아. 내가 네 의식주 책임지고 너는 내 짝꿍 하고.

김동영은 당연히 그래도 된다는 듯이 말한다. 나는 다시 한 번 의아함을 느낀다. 동영아, 네 말은 지금 모순덩어리야. 알아? 문장을 하나씩 곱씹는다. 성범이가 싫으니까 짝을 바꿔 셔틀 노릇은 시켜야겠는데, 내가 벙거지 모자 들고 구걸하는 건 전교생을 돌봐야 할 의무가 있는 전교 회장의 명예를 실추하는 짓이라니. 결론적으로 너는 성범이를 왕따시키고 싶다는 말 아냐? 성범이는 전교생에 포함되어 있지 않나? 그럴 리 없다.

“성범이 괴롭히지 마.”

“너야말로 지금 모순덩어리인 거 알지?”

“내가 뭘 어쨌는데?”

“나랑 짝하기로 한 거. 내 권위랑 네 우정을 트레이드한 거잖아.”

아. 그러네. 편견 없는 세상에서 살고 싶은 나. 편견 없는 사람이라고 생각했던 김동영. 우리 둘 다 제정신은 아니다. 너는 성범이가 왜 싫은데? 그냥. 또 그냥. 매일 그냥. 항상 그냥. 끊임없이 그냥. 그냥. 그냥. 너는 그냥이라는 말밖에 못 하지?

"너 팔고 다니는 앤데 그게 우정이 맞긴 하냐."

"그게 아님 뭐야?"

"너는 왜 성범이를 좋아하는데?"

"작년 입학 첫날에 캬라멜 줘서."

"내가 캬라멜 주면 나도 좋아해줄 거야?"

"질문이 이상하네."

나는 네가 캬라멜 안 줘도 너 좋아할 거야. 어쩌면 사랑일지도 몰라. 나는 금방 사랑에 빠지니까. 사실 어제 택시 타고 오면서부터 나는 너 사랑했어. 근데 내가 너를 사랑해봤자 너는 나 안 사랑하는데 무슨 소용이야. 너 헤테로잖아. 잠깐만. 헤테로? 오! 헤테로! 게이와 레즈 말고. 이성애자를 부르는 말을 찾았어. 헤테로! 근데 언제부터 내가 이 말을 썼더라?

캬라멜 줄까? 내가 한 박스 사줄게. 그럼 성범이 말고 나 좋아해주는 거야? 김동영은 나한테 집착한다. 애정도 아니고 사랑도 아니고 착각하지 말라더니 캬라멜 한 박스로 나를 유혹한다. 생각해보니 헤테로라는 말. 김동영한테 배운 것 같다. 개. 씹. 개씹. 헤테로. 동영이.

"동영아, 너 헤테로 아니지?"

"맞는데."

"헤테로가 뭐야?"

"이성애자."

"너는 그 말을 어떻게 알아?"

동시다발적으로 멍청해진다. 질문부터 대답까지 전부 이상한 대화. 어디로 흘러가고 있는지 모를 이야기. 그 이야기에 서로를 끼워 넣는다. 게이. 레즈라는 말은 대부분의 사람들이 알고 있다. 그런데 헤테로라는 말을 사람들이 흔히 쓰던가? 아니. 이성애자가 더 많은 나라에서 헤테로라는 말은 잘 쓰이지 않는다. 물론 이유는 존재한다. 헤테로들에게는 이성애가 당연한 것이기 때문에 이성애를 다르게 발음할 필요성을 느끼지 못하는 거다.

나는 이성을 좋아하니까 남들도 이성을 좋아할 거야. 일반화는 다수에 의해 결정되고 그렇게 배척되는 계층이 생긴다.

호모섹슈얼리티. 헤테로섹슈얼리티. 이런 건 본래 배척된 소수들이 자기방어를 위해 학습하는 단어이기 때문에 다수로 뭉쳐 혐오를 일삼는 사람들은 소수를 이해할 가치조차 느끼지 못한다. 혐오를 위해선 많은 인원과 큰 목소리만 있으면 되니까.

"아냐, 내가 보기에 넌."

"너 나 좋아해?"

"왜?"

"그런 것 같아서."

"너 동성애 혐오해?"

내가 어젯밤에 말했지. 나는 너 불가능이라고. 그게 왜 그런 것 같냐? 내가 헤테로니까 그렇지. 헤테로를 어떻게 알고 있냐니. 나 전교 일등이잖아. 모르는 게 없어. 그리고 요즘에는 다 알아.

헤테로. 바이. 뭐 그런 거.

어젯밤에 불가능이라고 말한 건 잠이라도 편하게 자라는 배려인 줄 알았는데 헤테로라서 그랬단다. 헤테로라서 남자랑은 못 한다는 걸 증명하기 위해 가능? 이라는 말에 불가능이라고 대답했다니. 그럼 동영아 너, 성범이는 가능? 김동영은 벌레 씹은 표정으로 받아친다. 너 지금 내 말을 뭘로 들었어. 너도 불가능인데 걔라고 가능하겠냐? 나는 혼자 결론짓는다. 김동영은 헤테로가 맞다. 근데 동성애 혐오는 안 하는 것 같다. 탕탕탕.

우리는 같은 침대에서 눈을 뜬다. 네 집인데 내가 침대에서 혼자 잘 수는 없어, 동영아. 이건 도덕적이지 못한 행동이라고 생각해. 같이 자자. 같은 남자끼리 뭐 어때.

김동영은 내가 남자도 좋아하는 걸 아직 모른다. 사실 모르겠다. 알고 있는데 모르는 척하는 건지도 모른다. 양치를 하고 있으면 욕실 문이 열린다. 칫솔을 들고 김동영이 옆에 선다. 같이 해도 괜찮지? 입꼬리에 잔뜩 묻어난 치약이 더러워 보일 것 같아서 고개만 끄덕인다. 칫솔에 치약을 쭉 짜더니 입에 문다. 그 광경을 쳐다보다가 현실과 괴리감이 들어 어딘가 낯간지러웠다.

구겨진 교복을 입고 등교 준비를 한다. 내 엉성함과 멍청함을 한 번 더 자책한다.

"자기야, 혹시 가방 남는 거 하나 있어?"

"가방?"

집에서 나올 때 놀라서 가방을 던져두고 엄마만 끌고 나온 내 멍청함을 자책한다. 현재가 중요하다며 급한 현재만 생각하고 그러다가 미래에 어쩔 줄 몰라 하는 게 하루 이틀이 아니다. 동영이는 가방? 하더니 제 가방을 나한테 넘겨준다. 너는 어떡하게? 전교 회장이잖아 나.

전교 회장이잖아 나. 여덟 글자가 웃기다. 선도부가 교문을 지키고 서 있을 텐데 무슨 상관인지 모르겠다. 전교 회장은 프리 패스되는 교칙이 있는지 되짚어봐도 그런 건 없다. 뭐, 교실에 가방을 두고 왔다면서 둘러대고 들어가려나 싶었다. 어쨌거나 급한 건 나고, 나는 우리 엄마의 자랑스러운 자식이니 벌점이나 생활기록부에 적힐 기록을 지키기 위해 행실에 최선을 다해야만 했다. 적어도 엄마에게 난 엘리트니까.

집 밖을 나서자마자 나와 동영이는 재빠르게 손절한다. 우리는 현관 밖으로 발을 내딛는 것과 동시에 모르는 사이가 된다. 열다섯 발자국 정도를 떨어져서 걷는다. 그리고 교문 앞에 멈춰 선다. 아무도 김동영을 잡지 않는다. 오히려 인사까지 하며 떳떳하게 들어간다. 아. 전교 회장은 핑계고 선도부가 김동영을 잡지 않는 이유는 따로 있었다. 일진, 양아치, 김동영을 의미하는 단어와 반장, 전교 회장, 전교 일등, 김동영을 상징하는 단어 때문이었다.

계단을 올라가면서 뒤늦게 걱정한다. 성범이한테는 뭐라고 그러지? 다짜고짜 자리 바꾸자고 하면 성범이가 속상해할 것 같다. 그리고 또 소문낼 것 같다. 쟤가 나한테 자리 바꾸자고 했어. 김동영이랑 앉고 싶어서 그런가봐. 쟤 게이 아니야? 나는 혼자 상상하고 혼자 무서워한다. 그래도 학교 끝나고 갈 곳이 필요하니 우선 교실 문을 연다. 교실 문을 열고 들어가면서 걱정은 눈 녹듯 사라진다.

성범이의 옆자리는 이미 내 것이 아니다. 성범이 가능? 가능에 한 표 던졌던 찬영이가 성범이 옆에 앉아서 성범이 머리에 지우개 가루를 쌓고 있다. 레퍼토리는 변하지 않는다. 지우개는 저러라고 만들어진 게 아닐 텐데 매일 뜯겨서 날아다니고, 누군가의 머리에 엎어지고 한다.

성범이는 소문을 팔긴 했지만 어쨌거나 많은 친구를 얻었다. 그러나 아무도 찬영이를 말리지 않는다. 성범이를 지키는 우정이 하나도 없다. 찬영이는 동영이의 친구다. 매일 급식도 같이 먹고 독서실도 같이 간다. 김동영은 전교 일등이고 찬영이는 전교 꼴등인 점이 의아할 뿐이다. 독서실에 자주 간다고 공부를 다 잘하는 건 아닌 것 같다.

성범이는 원망스러운 눈초리로 나를 노려본다. 나도 똑바로 눈을 마주 본다. 내가 자기를 피해자로 만들었다는 것처럼 군다. 어떻게 보면 맞는 말일지도 모른다. 나는 동영이 옆에 붙어서 기생하기로 결심한 후 캬라멜 하나로 맺은 얄팍한 우정에 선을 그었으니까. 하지만 애초에 성범이가 헛소문 퍼트리지 않았다면 됐을 일이다. 찬영이와 성범이의 그 광경을 지켜보다가 김동영의 옆자리로 걸음을 옮긴다. 나는 이제 성범이랑 아무런 사이도 아니다.

김동영 옆자리에 있는 의자를 빼 앉는다. 서로 인사도 하지 않는다. 우리는 다만 철저히 약속을 지키고 있을 뿐인데 주변의 찐득한 시선이 따라붙는다. 소문팔이할 성범이가 사라지니 집단이 스스로 찌라시를 만들어낸다. 재네 평소엔 복도에서 마주치기만 해도 인사하더니 오늘은 왜 옆자리에서도 인사를 안 해? 사랑싸움한 거 아냐? 진짜 지들끼리 소설을 쓰고 앉았다. 속사정도 모르면서 마음대로 왈가왈부한다.

어느새 왈가왈부는 도를 넘는다. 재 중학교 때 게이라고 소문났었잖아. 머리가 멍해진다. 핀트가 어긋난다는 말은 만취 상태보다 지금이 더 어울린다. 머릿속에서 뭔가 잡다한 소리가 나는 것 같다. 이럴 때는 마땅히 화를 내야 한다. 가만히 있으면 호구 잡힌다. 하지만 일어설 수 없다. 부정할 수도 없다. 모든 게 멈춘 것 같다. 몽롱하다. 심장이 뛴다. 호흡이 가빠진다. 나는. 이제. 다시. 지우개나. 맞는. 인생이.

"조용히 좀 하자, 얘들아."

김동영이 나 대신 목소리를 높인다. 그 한마디에 소란스럽던 왈가왈부는 쥐 죽은 듯 사라진다. 고요만이 자리 잡은 교실. 오늘도 착한 호랑이는 나를 돕는다.

그렇게 우리는 또다시 입방아에 오르내린다. 삥 뜯는 왕따와 삥 뜯기는 일진에서 짝까지 바꿔가며 붙어 있는 게이 커플로.

“아, 그럼 삥 뜯긴 게 아니고 그냥 남자친구니까 준 거네.”

“조용히 말해. 김동영이 들으면 끌려 나가.”

내 옆에서 김동영 얘기를 당당하게 하는 꼴이 웃기다. 나는 본인이 아니다 그거지? 그러니까 내가 김동영한테 이 얘기를 전해도 지들은 아니라고 잡아떼면 그만이다 그거지? 내가 그렇게 만만하다 그거지?

“재네 한집에서 산다며?”

“미친! 잔 거 아냐?”

“대박! 살아 있는 비엘이네.”

김동영의 집에서 함께 지낸 지 고작 3일 만에 한집에서 산다는 소문이 퍼졌다. 등교도 따로 했고 인사도 하지 않았는데도 그랬다. 우리는 똑똑했지만 멍청했다. 재 가방 김동영 거잖아. 그 말이 나를 우습게 만들었다. 내가 적극적으로 부정하기를 바라고 던지는 말인지, 아니면 극단적으로 기정사실화하고 싶어서 하는 말인지는 모르겠으나 나는 부정하지 않을 것이며 그럴 생각조차 하지 않는다. 이유를 굳이 따지자면 김동영에게 빨판상어마냥 딱 달라붙어 있는 게 내 신상에 좋기 때문이고, 김동영이 퇴학을 당하거나 자퇴를 하는 게 아닌 이상 계속해서 학교의 실세로 남을 것이 분명하기 때문이기도 하다.

쟤네는 김동영이 헤테로인 거 모르니까 저런 소리를 하는 거다. 전교에 고추 달린 놈들 이름 하나씩 다 대며 가능? 하고 물어도 백 번이면 백 번, 천 번이면 천 번을 불가능이라고 대답할 인간인데 말이다.

걔 중학교 때도 소문났었다며. 멍청한 심장은 불리할 때만 뛴다. 게임처럼 심박수가 머리 위에 둥둥 떠다녔다면 큰일 날 뻔했다. 불안하면 불안하다고 심장이 난리를 치고, 초조하면 초조하다고 난리를 치고, 무서우면 또 무섭다고 난리를 친다.

걔 중학교 때도 소문났었다며. 걔는 누굴까? 설마 난가? 어떻게 알고 있지? 중학교 때의 악몽이 떠오른다. 누구 하나 말하지 않았지만 내가 양성애자라는 걸 알았던, 나는 남자도 따먹어, 라고 말하던, 가능? 난 가능이라고 말하던 종석이와 그 외 XY 염색체들. 지긋지긋한 악몽은 깰 줄 모르고, 나는 다시 침몰하려다가 잠시 멈춘다.

“너 몰라? 김동영이 게이라고 부모가 내다 버렸다잖아.”

소문은 믿는 게 아니랬는데, 그렇게 많은 소문에 데고도 또 화상 입는다. 김동영이 게이라고 부모가 내다 버렸다잖아. 버림받았다 하기엔 고등학생의 신분에 과분한 집에 살고 있고, 만 육천 원짜리 떡볶이도 아무렇지 않게 사 먹는 사랑받는 사람인데. 버림받았다는 말은 오히려 집을 버리고 뛰쳐나온 지금의 나에게 더 맞는 말인데.

사실 확인을 누구에게 어떻게 해야 할지 뇌가 엉킨다. 김동영이 나를 속인 건 문제 되지 않는다. 김동영이 게이였다는 건 문제 되지 않는다. 김동영은 무엇을 해도 문제 되지 않는다. 문제 되는 건 없다. 다만 궁금하다. 게이에서 헤테로가 된 거라면 어떻게 그럴 수 있냐는 것. 나도 이제 양성애자라는 틀에서 벗어나 평범한 이성애자의 삶을 살고 싶다는 염원을 담아 공책 하나를 찢어 펜을 든다.

너 게이였다며? 너무 직설적인 문장 같아 포기한다. 애들이 너 보고 게이라고 하던데? 남의 얘기를 전하는 찌질이 같아 포기한다. 너 중학교 때. 이 얘긴 하지 말자. 과거를 건드는 게 가장 나쁜 짓이라는 건 내가 제일 잘 알고 있으니까.

좋아해. 세 글자를 적는다. 알아들었다면 답을 줄 것이고, 그게 아니라면 무슨 미친 소리냐는 답장이 올 것이다. 세 글자를 김동영에게 넘긴다. 하교 종이 울리고 석식 메뉴를 외치며 모두가 교실 밖으로 나갈 때까지 대답은 돌아오지 않는다.

동영아. 일어서는 옷 끄트머리를 잡는다. 마주치는 눈이 매섭다. 학교잖아. 아는 척하지 마. 그 말을 하곤 나간다. 따라나서야 하는지 등교 때처럼 열다섯 걸음 떨어져 걸어야 하는지 고민한다.

좋아해. 이 까만 글씨가 김동영의 어떤 불안을 찔렀는지, 하지만 펑 소리도 없다. 물풍선에 테이프 한 겹 붙여놓고 그 위를 바늘로 쿡 찌른 느낌이다. 소리도 없고 변화도 없는데 물만 줄줄 흘러나와 결국 쪼그라드는 작은 물풍선. 머리 어디서 물이 새고 있는지는 김동영만이 알 일이다. 신경 끄자. 신경은 내가 건드려놓고 가해자가 된 기분이 싫어 부정한다.

신경 끈다. 집에 가면 다시 웃으면서 왔냐고 해주겠지. 학교니까 아는 척해서 화난 것처럼 연기하는 거겠지. 나는 나 좋을 대로 생각한다. 어쨌거나 나는 오늘 김동영 짝으로 옆자리에 붙어 있었고. 좋아해, 라는 말을 하지 말라고는 약속하지 않았으니까. 나는 약속을 전부 지켰으니까.

고민은 흘러 다른 곳으로 연결된다. 아무래도 물이 새고 있는 것은 김동영의 머리가 아니라 내 머리인 것 같다는 생각이 든다. 오늘도 현관 앞에 서서 누가 나오기를 기다렸다가 잽싸게 몸을 넣어야 하는 건지, 아니면 김동영한테 전화해서 문 여는 방법을 알려달라고 해야 하는 건지, 그것도 아니면 경비 아저씨한테 열어달라고 해도 되는 건지 고민한다. 근데 경비 아저씨가 문을 과연 열어줄까? 내가 누군지 알고?

고민의 끝엔 한 번 봤다고 익숙한 현관 비밀번호가 보인다. 그리고 김동영도 보인다. 기다렸어? 친한 척 물으니 대답 없이 익숙하게 현관문을 연다. 현관문이 닫힐까봐 김동영의 뒤를 급하게 따라 들어간다. 화가 난 건지 아직까지 연기를 하는 건지 알 수가 없었다. 머리에서 물이 새고 있으면 막아줘야 하는데 어디서 구멍이 뚫려 흐르는지 모르니 어쩔 도리가 없다.

엘리베이터 앞에서 위층 버튼을 누른다. 삼각형이 빨개진다. 15층에서 엘리베이터가 내려오는 동안에도 우린 대화는커녕 눈조차 마주치지 않는다. 남이라고 오해를 살 수도 있는 광경이다. 남은 아니지만 그렇다고 엄청 각별한 사이는 아니니까 오해를 해도 괜찮았다. 아니, 안 괜찮았다. 괜찮다고 생각했는데 피가 거꾸로 돌았다.

김동영과 붙어 있는 며칠 내내 생각해봤는데 아무래도 김동영은 내가 양성애자인 걸 모르는 것 같다. 근데 좋아해, 세 글자 적어서 보낸다고 이렇게 사람을 무시하는 꼴이 재수 없다. 장난을 받아칠 줄 모르는 놈인가 싶다. 물론 난 장난이 아니었지만 말이다.

엘리베이터 문이 열린다. 거울 옆 금색 테두리를 만지작거린다. 손끝에 닿는 감각이 차다. 이게 진짜 금이라면 도둑이 다 떼어가고 없겠지? 영화 도둑들이 생각난다. 똑똑한 사람들은 범죄도 기가 막히게 클리어하던데, 동영이한테 도둑이라는 직업을 한번 권해볼까 생각한다.

생각은 생각에서 멈춘다. 답답했던 엘리베이터 문이 열리고 김동영이 내리고 나도 눈치를 보며 따라 내린다. 둔한 발걸음을 뗀다. 작지만 큰 사각에서 벗어난다. 엘리베이터 문이 닫히고 새로운 문이 열린다. 현관문은 굳게 닫혀 있었으나, 주인 한정으로 쉽게 열렸다. 비밀번호 여섯 자리와 별 모양 하나만 누르면 틈을 내어준다.

두 사람이 들어가려면 누군가는 문을 잡아줘야 한다. 문을 잡은 것은 김동영이고 나는 또 눈치를 보며 들어간다. 죄인이라도 된 것마냥 얌전히 신발을 벗어놓고 소파 밑에 깔린 카펫 위에 앉는다. 나는 좌식 생활이 익숙하다. 우리 집에는 소파가 없었기 때문에 벽에 등을 기대고 앉아 집에 비해 큰 티비를 보는 것이 유일한 낙이었다.

7장. 일기의 비밀

사랑, 타인에 대한 비밀, 이것들은 동일한 것이다.
나체의 가장자리에 있는 사랑은 비밀 같은 것이다:
나체의 가장자리에 있는 비밀.
—파스칼 키냐르, 『은밀한 생』

엄마가 한국에 돌아와 잠시 월세방을 구한 적이 있었다. 나는 주말마다 그 집에 놀러 갔다. 놀러 갔다는 표현이 맞았다. 내 공간이 아니었다. 소파도 없고 침대도 없는 좁은 반지하였다. 가장 마음에 들지 않았던 것은 티비 대용으로 쓰이는 컴퓨터 모니터였다. 두 칸의 지하방 벽지에는 사계절 내내 곰팡이가 피었다. 회전이 멈추지 않는 선풍기와 덜컹거리며 열리지 않는 낡은 창문 덕에 한여름에도 바닥까지 흥건히 적시는 습기와 퀴퀴한 냄새. 녹슨 구릿빛 철문을 열고 나가면 회색 시멘트 위에 신발이 놓여 있었고, 그 옆엔 스크래치가 덕지덕지한 폐품으로밖에 보이지 않는 간이 신발장이 자리했다. 좀 더 구석으로 들어가면 때라도 탈까 보호 스티커도 떼지 않은 흰 냉장고가 있었으며 가장 구석 보일러 옆 작은 공간에는 통돌이 세탁기가 있었다. 고개를 돌리면 거미줄이 당장이라도 얼굴에 닿을 것 같은 집. 나뿐만 아니라 엄마도 이런 환경에 넌더리를 냈다. 집안에서 가장 낯을 많이 가렸지만 가장 노래를 잘했던 나는 낯가림과 티비를 바꿔왔다. 무슨 소리냐면 동네잔치에서 열린 노래자랑에 나가 경품으로 티비를 받아 왔다는 소리다. 매년 슈퍼마켓 옆 주차장에서 잔치를 벌이곤 했는데, 상대적으로 노인들이 많이 거주했던 서울의 끝자락 동네라 무대에 오르는 것은 슈퍼마켓 앞 초등학교에 다니는 코흘리개들뿐이었다.

엄마의 반지하 집에서 500미터쯤 떨어진 곳엔 내가 사는 집이 있었다. 올해도 어김없이 동네잔치가 열린다는 소식에 할아버지와 구경을 나갔다. 누구는 춤을 추고 누구는 성대모사를 해서 온갖 경품을 타는데 왜 너는 저런 것 하나 못 하냐며 어깨를 툭툭 치는 할아버지의 등쌀에 밀려 낯가림을 무릅쓰고 무대로 올라갔다. 소문난 잔치에 먹을 것 없다는 옛말은 틀리지 않았다. 동네가 떠나갈 듯 시끌벅적했지만 정작 트로트 가수 하나 없는 것을 보며 실감했다. 그래서 나는 트로트를 불렀다. 여기서 음원 차트 1위하는 노래를 불러봤자 아무도 모른다. 덜덜 떨리는 손으로 마이크 잡고 노래했다.

그대 내 곁에선 순간 그 눈빛이 너무 좋아. 어제는 울었지만 오늘은 당신 땜에 내일은 행복할 거야. 얼굴도 아니 멋도 아니 아니 부드러운 사랑만이 필요했어요. 지나간 세월 모두 잊어버리게. 당신 없이 아무것도 이젠 할 수 없어 사랑밖에 난 몰라.

초등학교를 입학한 지 1년도 안 된 사내아이가 부르기엔 터무니없는 가사였다. 어른들은 신경 쓰지 않았다. 어린 녀석이 기특하다며 주름진 손으로 박자에 맞춰 박수를 쳤다. 그렇게 받아온 나보다 큰 티비는 둘 곳이 없다며 창고에 처박혔고, 월세방을 빼고 다시 어디론가 사라졌던 엄마가 몇 년 만에 돌아왔던 그해 티비도 어두운 창고에서 빠져나왔다. 중학교 1학년 때의 일이었다. 6년 동안 창고에서 자리를 지키고 있던 큰 티비가 나의 자랑이었는데, 김동영의 집에는 그 티비의 두 배만 한 화면이 존재했다. 그걸로도 모자라 두께도 얇았다. 초등학생에서 고작 고등학생 되는 시간 동안 강산이 변하진 않았어도 티비는 변했다.

가만히 앉아서 티비를 켠다. 김동영은 말없이 옷을 갈아입고 다시 나간다. 좋아해, 라는 말이 욕이 됐던가? 언제부터. 김동영은 동성애를 혐오하지 않는다. 그렇다 말한 적은 없지만 내가 본 김동영은 그랬다. 그래서 남들이 게이라고 놀려도 그런가보다 하고 넘기는 것 같았다. 그런데 좋아해 한마디했다고 사람을 개무시한다. 말로 한 것도 아니고 그냥 글씨 적힌 종이 준 건데. 차라리 김동영의 귀에 대고 사랑한다 말했으면 억울하진 않았을 거다. 회색 현관문이 닫히자마자 문자를 보낸다. 영아, 어디가? 답장은 생각보다 빠르게 온다. 학원.

그제야 소파 위로 올라가 눕는다. 내내 신경을 쓰느라 불편한 교복 벗어던질 힘도 없다. 전교 일등 아무나 하는 거 아니다. 우리 학교 전교 일등도 누군가의 도움을 받고 있었다. 이를테면 선생님, 선생님? 선생님 하니까 국어 선생님이 생각난다. 지금쯤이면 마흔이 넘으셨겠지? 서른 후반쯤 되셨으려나? 문득 뭐 하고 사시는지 궁금해진다. 하지만 그뿐이다. 좋아했고 사랑했었다는 말이 무색하게 이름조차 기억나지 않는다. 그 선생님을 좋아했을 적에 안네의 일기를 읽고 깊은 충격을 받았던 것만 기억이 난다.

책의 내용이 충격적인 것도 있지만 무엇보다 내가 놀란 건 누군가의 일기가 책으로 만들어져 독서실에 꽂혀 있었다는 사실이다. 나에게 일기란 마땅히 숨겨야 하고 조금은 비밀스러워 자칫 들키기라도 하면 우스워질 수 있는 마약 같은 것으로 치부되기 때문이다. 그래서 비밀 일기장이라는 게 존재하는 거다. 자물쇠로 걸어놓거나 비밀번호로 열지 못하게 장치를 해놓은 것. 하지만 모두가 알고 있을 거다. 그렇게 자물쇠를 걸고 비밀번호를 걸어두면서 비밀스러운 척하지만 막상 그 속엔 들키고 싶은 문장을 적어놓는다는 것을. 어렵다. 들키기는 싫지만, 누군가는 알아줬으면 좋겠고 그러나 누군가 알게 되면 우스운 사람이 될까봐 비밀이란 말로 숨기는 글이라니.

김동영의 가방에서 공책 하나를 꺼내 일기를 쓴다.

2015년 4월 17일.
동영이한테 좋아해, 라는 글씨를 적어서 줬다가 냉전 상태가 됐다. 반 애들은 우리보고 게이라고 말한다. 동영이는 헤테로인데 기분이 나쁠까봐 걱정이다. 아마 기분이 나빴으면 하지 말라고 직접 명령했겠지? 동영이는 전교 회장이고 양아치라서 우리 학교 애들은 동영이 말을 잘 듣는다. 동영이는 진짜 멋있는 것 같다. 공부도 잘하는데 적당히 양아치 같고 적당히 키도 크고 적당하지 않게 엄청 잘생겼다. 동영이는 어떻게 얼굴도 잘생겼을까?

오늘의 일기 끝. 비밀스럽게 썼지만 들키고 싶은, 들켜야 하는 내 일기. 자물쇠도 없고 비밀번호도 없다. 김동영이 저걸 발견해야 우리 사이가 다시 회복되지 않을까. 권력의 맛을 본 나는 이제 맹물에서 놀 수 없고, 그렇게 같은 실수를 반복한다. 누군가의 심부름꾼 노릇을 자처하면서 또 외줄타기를 한다. 아슬아슬하다. 복종하고 순종하고 맞춰주고 그러면서 기생하고. 역시 사람은 쉽게 변하지 않는다.

소파에서 잠들었다가 깨니 바깥은 온통 어둠이다. 불규칙하게 불이 켜진 아파트 단지 하나만 보인다. 아마 애들은 학교에서 야자하고 있겠지? 나는 야자를 들은 적이 없다. 선생님, 저는 정신병자라서 밖에 오래 있으면 심장이 빨리 뛰고 숨이 안 쉬어져서요. 그래도 학교는 꼬박꼬박 잘 나올게요. 야자 빼주시면 안 돼요? 선생님은 알겠다는 말과 함께 자기 자신을 사랑하고 긍정적인 마음에 도움을 주는 책을 많이 읽으라는 정신없는 소리를 한다. 선생님, 공황장애랑 우울증은 책을 읽고 긍정적인 생각을 한다고 치유되는 게 아닙니다. 그렇게 해서 병이 낫는다면 전 세계 사람들 전부 행복하다! 괜찮다! 즐겁다! 하는 책만 쓰면 될 것을, 왜 노력해가며 정신과 의사가 되겠어요? 물론 제 담당 원장님은 그렇게 노력해서 의사가 되어놓고 너는 예쁜데 왜 그러니? 이딴 소리만 하긴 해요.

김동영은 왜 야자를 안 하나 했더니 이유는 역시나 학원이었다. 나는 수능 1등급들의 교과서 위주로 공부했어요, 라는 말을 믿는 순진한 사람이었다. 역시 교과서 뒤에는 선생님이 있었구나.

무언가 배신당한 느낌이다. 야자를 빼는 방법은 딱 두 가지가 존재했다. 학원에 다니거나, 나처럼 병원에 다니거나.

거실 안에는 웃고 떠들며 토크를 해대는 연예인들 목소리만 가득하다. 듣고 싶은 목소리는 들리지 않는다. 동영아. 괜히 한 번 불러본다. 넓은 거실에 목소리가 울린다. 배고픈데 동영이가 없다. 의식주를 책임진다더니 혼자 학원 간다고 거짓말하고 밥 먹고 오는 건 아니겠지. 거실 옆 길게 이어진 복도 끝엔 작은 드레스 룸이 있다. 온통 무채색으로 가득한 옷장에서 흰 반팔과 회색 추리닝을 꺼낸다. 구겨진 교복 바지를 툭툭 털고 옷을 갈아입는다. 못 먹고 자란 것도 아닌데 보기 싫게 드러난 갈비뼈를 매만지며 부엌으로 자리를 옮긴다. 잔잔한 작동 소리를 내는 냉장고 문을 연다. 혼자 사는 사람에겐 크다고 느껴질 만한 사이즈의 냉장고 속엔 당근, 양파, 양배추, 오이, 피망만이 존재했다. 혹시 동영이는 초식 동물이 아닐까? 아니면 초식 동물이 사람으로 환생했던가. 한숨을 쉬며 두유 한 팩을 집어 든다. 의식주를 책임진다고 했으니까 두유 정도는 허락 안 받고 마셔도 되겠지.

두유 옆에 붙은 일회용 빨대를 꽂아 겨우 한 모금 넘기는 순간 현관문 열리는 소리가 난다. 주인을 기다리는 강아지마냥 반가워했다. 김동영은 두유도 남겨놓고 달려온 나를 그냥 지나친다.

차라리 내가 강아지였으면 머리라도 쓰다듬어줬겠지. 그래서 다짐한다. 이다음에 꼭 강아지를 키울 거야.

"자기야, 내 일기 볼래?"

"네 일기를 내가 왜 봐?"

"나는 안네가 쓴 일기도 봤는데, 네가 내 일기 좀 보면 어때."

관심받고 싶어서 억지를 부린다. 일기를 쓴 공책까지 직접 대령한다. 글을 읽는 표정에 변화가 없다. 우습게도 오히려 관계는 악화된다. 김동영은 공책을 나에게 내민 뒤 교복 넥타이를 푼다. 이유는 없다. 김동영의 개가 되어 좋으면 좋은 대로 나쁘면 나쁜 대로 맞춰주는 게 내 임무다. 이유는 없다. 그래야만 성범이가 더 이상 나를 째려보지 않을 거다. 왕따에게 찍히면 왕따의 개가 되는 게 아니라 전교생의 개가 된다. 나는 성범이를 이길 자신이 없고, 돈도 없고, 이기고 싶지도 않으니 김동영의 충견이 되어 그의 멋이나 받아먹고 살아야 한다.

"너 무슨 소리 들었어?"

김동영답지 않게 김동영이 목소리를 깐다. 영화배우 같다. 내가 배우 연습생을 하던 시절에도 동영이 같은 애가 있었다. 매일 목소리 낮다고 지적받고, 모든 연기의 톤이 똑같다고 혼났던 애. 적어도 동영이는 매사에 목소리를 깔진 않으니까 연기를 배워도 잘 해낼 것 같다.

"아무런 소리도 안 들었는데."

"내가 누구야?"

"동영이."

나도 나를 모르는데 자기가 누군지 나한테 물어보면 대답할 수 있을 리가 없다. 그래서 그냥 생각나는 대로 대답한다. 동영이. 생각해보니까 또 짜증난다. 내가 뭘 얼마나 잘못했다고 그러는 건지 억울하기까지 하다. 목 언저리에 탁구공 하나가 걸린 느낌이다.

"근데 동영아."

대답은 없다. 대답을 바라지도 않았다.

“나, 남자 좋아하거든?”

“알아.”

“어떻게 알지?”

유명했던데 너. 김동영의 말에 상처받고, 종석이한테 빰 맞은 걸로. 김동영의 말에 무너진다. 나의 발언에 김동영이 놀란 기색을 보일 거란 생각은 애초에 없었다. 오히려 놀란 건 나였다. 김동영이 어떻게 종석이를 알고 있지? 맞는 사실인데도 김동영의 입에서 들으니 새롭게 들렸다. 남 얘기 같다. 이 얘기 들으면서 나도 허얼, 진짜 쪽팔리겠다, 하며 웃고 싶다. 하지만 아직 내가 맞았다는 얘기를 듣고 웃을 정도로 미치진 않았다.

무서웠고 화가 났고 그다음엔 쪽팔렸다. 게이가 너 좋아한다고 하니까 소름 끼쳤냐? 게이라고 모든 남자를 좋아하는 건 아니라고 들었지? 근데 게이가 좋아한다고 쪽지를 보내니까 더러웠냐? 그래서 하루 종일 나를 피해 다니고 말을 걸어도 무시하고 그랬냐? 그럼 지금 나랑 이렇게 말하고 있는 것도 짜증나겠네. 이제 짝이고 뭐고 하고 싶지도 않겠네. 내일 가서 말하려고? 나 게이인 거? 가능하다고 말했던 애들 불러다 얘 게이래. 가능하면 해봐라, 하려고? 진짜 짜증나네. 김동영, 자기라고 불렀을 때만 대답할 땐 언제고. 게이라는 소문 해명하라고 했을 때도 가만히 있었으면서. 이제 와서 과거를 언급하고 지랄이야 지랄이.

근데 동영아 그거 알아? 나, 게이 아니고 양성애자야. 마지막 한 마디는 마음에 묻는다. 대본도 짜이지 않는 문장을 끊임없이 내뱉었다. 수치스러운 건 다음이고 김동영의 손에 놀아났다는 것이 불쾌해서였다.

"나 같은 애들은 주기적으로 유서를 써놓는다."

"협박하냐?"

"응. 근데 요즘 유서 업데이트를 안 했거든."

"그래서?"

받아치는 언어가 담담하다. 나는 그 언어가 밉다. 싫다. 화난다. 그래서? 어쩌라고보다는 덜 싸가지 없지만, 이미 삐뚤어진 나에겐 그 말조차도 아니꼽게 들렸다. 언어 순화를 하려면 똑바로 했어야지. 나는 한 가지 일에도 여러 결과를 두고 생각하는 사람이다. 내 가정된 결과에 이런 상황은 없었고, 그러니 결과 도출에 실패한 나를 자책해야 했다. 나는 우리가 다시 웃으면서 떡볶이를 먹는 사이가 될 수 있을 줄 알았다.

"내 유서에 네 이름을 꼭 넣을 거야. 사인은 김동영."

김동영은 웃는다. 나는 우는데 김동영은 웃는다. 일주일도 안 됐는데 우리의 얄팍한 우정은 끝난다. 일진이고 양아치고 전교 회장이고 전교 일등이고 뭐고 진짜 멋진 놈인 줄 알았는데 그냥 남자 새끼들이랑 다를 게 없었다.

어릴 때 버릇이 아직까지 남아 있다. 화를 표출하는 방법을 몰라 애꿎은 방문만 쾅, 세게 닫는다. 방에 들어가서 벗어둔 교복을 챙긴다. 닫았던 방문을 여는데 바로 앞에 김동영이 서 있다. 버림받은 게 한두 번도 아니면서 아직도 이런 감정에 적응하지 못하는 내가 싫어진다.

"근데 너, 나한테 망신 줄 상황 아니잖아. 너도 조심해야지. 너, 게이라서 부모가 내다 버렸다는 거 웬만한 애들 다 알아."

심사가 뒤틀려 진실인지 거짓인지 모를 소문 한마디를 던지고는 뛰어나온다. 엘리베이터를 기다리는 동안 김동영이 쫓아오기라도 할까 걱정돼 비상계단으로 내려가다 주저앉는다. 호흡을 가다듬고 전화를 건다. 신호음이 끊긴다.

엄마, 우리 내일 만날까? 엄마는 대답이 없다. 엄마, 듣고 있어? 지금쯤이면 엄마는 늦게라도 부모 노릇을 하겠다며 나를 데려왔던 2011년을 후회하고 있을지도 모른다.

"엄마가 주소 보내줄게."

그 대답을 끝으로 전화는 끊긴다. 눈치 없는 자식이란 건 알고 있지만 어쩔 수 없다. 아빠에게 돌아가자니 맞아 죽을 것이고, 그렇게 되면 사인은 김동영이라고 적을 유서가 소용없어진다. 실질적인 살인자는 아빠가 되기 때문이다.

문자로 주소 하나가 도착한다. 가까운 대로변에 나가 손을 흔든다. 회색 택시가 내 앞에 정차한다. 나는 또 한 번 택시를 탄다. 수중엔 택시비를 낼 돈 한 푼도 없었다. 괜찮다. 도착해서 엄마를 부르면 되니까. 택시는 달리고 나는 초조해진다. 뻥 뚫린 도로를 보며 회의감을 느낀다. 눈을 감고 창문에 머리를 기댔다.

인생 살기 어려운 거 누구나 똑같겠지만 나는 유독 더 힘든 것 같다. 이 일생을 글로 풀어낸다거나, 영화로 제작한다면 분명 모두가 통곡해줄 것이다. 물론 이야기의 조연들은 찌질이 새끼 성공했네, 하며 나를 찾아와 돈을 달라고 할 수도 있겠지.

택시는 빨간 벽돌의 빌라가 줄지어 늘어선 빌라촌 앞에 정차한다. 잠시만요, 하고 엄마한테 전화를 건다. 엄마, 나 택시 타고 왔는데 택시비가 없어. 지금 집 앞인데 돈 좀 내줘. 알겠다는 말과 함께 전화가 끊긴다. 잠시만요. 엄마 내려오신대요. 기사님은 알겠다는 대답도 하지 않는다. 나도 아무 말도 하지 않는다. 새벽 한 시가 지나간다. 여기서 학교까지의 거리를 생각하니 막막해진다. 어떻게 등교할지 고민이다. 야자 빼는 대신 학교는 꼬박꼬박 잘 나가겠다고 선생님이랑 약속했는데 이 정도 거리라면 약속이고 나발이고 자퇴를 하는 게 나을 것 같았다.

엄마는 촘촘하게 짜인 검은색 니트 카디건을 걸치고 내려와 기사님 손에 빨간 카드를 건넨다. 감사합니다. 조심히 가세요. 엄마는 말했고, 감사합니다. 안전 운전하세요. 나는 말했다. 누구 집이야? 물어도 엄마는 대답이 없다. 분명 아빠에게서 해방됐을 때만 해도 신난 얼굴이었는데 요 며칠 사이에 무슨 일이 있었는지 걱정까지 들게 하는 표정이다. 정작 큰일이 생긴 건 나 자신인데 나는 엄마부터 걱정한다. 자식 버리고 도망갔다가 돌아온 엄마가 뭐가 그리 좋다고. 그렇게 생각하면서도 걱정은 멈출 수 없다. 어디가 아프진 않은지, 무슨 일이 생기진 않았는지. 불행은 전부 우리에게만 폭포처럼 와르르 떨어질 것 같아서 한시도 안심하고 살 수가 없었다.

회색 대리석 계단을 밟고 올라가니 학이 그려져 있는 현관문이 열린다. 낯선 남자가 머쓱하게 인사한다. 네가 아들이구나. 안도와 함께 배신감을 느낀다. 엄마는 아픈 것도 아니었고 무슨 일이 있던 것도 아니었다. 그저 나에게 미안했을 뿐이었다. 엄마는 내 앞에서 고개를 숙였다. 그 불편함을 나에게는 표현할 수 없었던 같았다.

"친구라더니?"

"친구야."

"남자친구였네."

신뢰와 맹신은 종이 한 장 차이다. 아 다르고 어 다르다는 얘기처럼 상황 설명은 말하기에 따라 달라진다. 친구긴 친구네. 남자

친구. 아무런 감흥도 없다. 집에 혼자 남겨진 새아빠가 조금 안쓰럽게 느껴지기까지 한다. 잘 먹고, 잘 살고 있으려나? 이내 생각을 고친다. 알 바 아니었다. 엄마는 이렇게 눈치나 보고 있는데 가정 폭력범을 걱정할 여유 따윈 없다.

"아저씨?"

"그래."

"저는 참견할 생각 없고요. 두 분의 사랑에 관심도 없으니까요."

사각형 형태의 안경을 쓰고 조금 자란 수염을 만지던 아저씨는 이내 진지해진다. 그러나 대답 없이 나를 바라볼 뿐이다. 엄마는 다시 고개를 숙인다. 내가 가해자가 된 기분이다. 가해자들은 피해자 마음에 염산 한 바가지를 부었으면서 자기가 피해자인 척 코스프레한다. 예를 들면 엄마의 남편들. 엄마의 쓰레기들. 그냥 재워만 주세요. 아저씨도 불편하시겠지만, 아들 있는 여자를 좋아하려면 이 정도는 감수하셔야 하지 않겠어요? 하고 싶은 얘기가 목구멍에 걸린다. 말하고 싶지만 말할 수 없다. 두 가지 감정이 겹친다. 나는 엄마를 사랑한다. 그러나 엄마를 미워한다. 엄마는 나를 사랑한다. 그러나 나를 미워한다.

그거 아세요? 아저씨가 세 번째랍니다. 이 말을 했다간 엄마도 나도 길바닥에 던져질까봐 그냥 모르는 척한다. 저도 두 분의 사랑을 방해하고 싶진 않으니 최대한 빨리 친구를 사귀어보겠습니다. 근데 여긴 학교랑 너무 멀어서 친구를 사귀는 데 어려움이 있거든요. 혹시 신용카드 남는 거 하나 있으신가요. 제가 택시를 타고 등하교를 해야 할 것 같아서요.

나는 한 차례 더 뻔뻔해진다.

슬픔도 겪다보면 적응이 될 줄 알았다. 폭염이 한차례 머물다 지나간 뒤엔 가을이 시베리아같이 춥게 느껴지는 것처럼. 착각이었다. 슬픔은 그저 쌓이기만 한다. 쌓이고 쌓이고 쌓이다가 그대로 무너진다. 젠가처럼 차곡차곡 쌓였다가. 누군가의 위로에 하나 사라졌다가 또 누군가의 질타에 한 칸 더 쌓이고. 구멍 난 젠가는 제대로 된 역할을 할 수 없다.

나는 괜찮지 않다. 접힌 교복 바지 주머니에서 알약 세 개가 든 약 봉투를 꺼내 든다. 뒤늦게 생각해보니 김동영의 옷을 입고 나왔었다. 별것도 아닌 게 괜히 신경 쓰였다. 그런 걸 생각할 때가 아니라는 사실에 억지로라도 잊기로 했다. 구겨진 약 봉투를 뜯는다. 원장이 준 약은 믿을 수 없었으나 오늘은 달리 방도가 없어 믿어보기로 했다. 죽어야겠다는 생각이 들진 않지만, 어쩌면 죽을 수도 있다는 느낌이 들었다. 마른 입에 알약 세 개를 털어 넣었다.

8장. 정신과

상처에 상처를 맞대고 / 서로 멍드는 일 / 아니 / 은하가 은하를 관통하는 일 / 그러나 / 맞물리지 않은 우리의 생장점 / 서로 부르지 않는 부름켜 / 살덩이가 썩어 가는 이종 이식 / 꼭 부둥켜안은 채 / 무럭무럭 자라난다, 우리는 / 뇌 속의 종양처럼

—강기원, 「은하가 은하를 관통하는 일」

중학교 3학년 학기 중 어느 날 나는 처음 정신과에 갔다. 처음엔 예고도 없이 숨이 막히고 심장이 뛰기에 장기의 어느 일부분이 망가졌구나 하는 확신이 들어 건강 검진을 받았다. 예상과 달리 내 몸에는 이상이 없었다. 답답함을 떨칠 수 없어 학교 상담실에 들어가 자초지종을 이야기하니 정신과에 가보는 것이 어떠냐는 권유를 받았다.

처음엔 비웃었다. 몸통이 아니라 머리통의 문제라는 게 도통 이해가 가지 않았다. 공황장애요? 그거 연예인들만 걸리는 거잖아요. 우울증이요? 그러면 저는 정신병원에 갇히는 건가요? 나는 무서워졌고, 스트레스가 주된 원인이라는 공황장애와 우울증 따

위의 병명에 극심한 스트레스를 받기 시작했다. 스트레스는 스트레스를 불러왔고 나는 그 스트레스를 온통 흡수했으니 어느 순간 심각함이 시각적으로 드러났다. 손이 떨리고 식은땀이 났으며 이내 머리가 돌았다. 어떤 일에도 흥미를 느낄 수 없었고 하루하루가 지옥 같은 나날의 연속이었다.

나 아무래도 우울증인 것 같아. 항상 웃고 있었으니 엄마는 당연히 믿지 않았다. 네가 무슨 우울증이야, 하고 넘기는 것에 그쳤다. 웃는 사람에게 정색할 수 없어서 그냥 같이 웃었다. 나는 그때에도 심장이 격하게 뛰었고 호흡이 불안정했는데, 애석하지만 내 심각성은 누구의 관심도 끌지 못했다.

그날부터 각종 인터넷 사이트를 뒤졌다. 정신병원과 정신과의 차이점도 몰랐던 건 물론이고 대학병원을 가야 하는지 병원에 가서 내 증상을 어떻게 표현해야 하는지, 혹여 우울증이나 공황장애가 아니라고 하면 나는 어디로 가야 하는지 모든 게 겁부터 났다. 병원 문 앞에 도착해서도 한참을 고민했다. 정신과라는 단어가 낯설기도 했고, 무엇보다 정신과 진료 기록이 남으면 불이익을 당한다는 말을 들은 후부터 돌연 착잡해졌다. 사회에서도 배척당하는 정신병자라면 죽어야 마땅한 것이 아닌지, 혼자 묻고 혼자 고민하고 혼자 대답했다.

공황장애 진료받으러 왔는데요. 신규 환자 정보 등록을 위해 이름과 주민등록번호를 적어내는 순간에도 나는 덤덤하지 못했다. 이미 꽉 찬 대기 인원을 보면서도 혼란스러웠다. 마음이 아픈 사람이 세상에 이렇게 많은데도, 세상에 이렇게 머리가 아픈 사람이 많다는 걸 확인했음에도 나는 내 병명을 내 증상을 그 무엇도 인정할 수 없었고 인정하기 싫었다. 그럼에도 불구하고, 공황장애에 걸린 사람이라는 수식어가 마치 온갖 짐을 다 끌어안고 살아온 사람이라는 타이틀처럼 느껴졌다. 미련하지만 본새 때문에 공황장애가 맞기를 바랐던 감정도 약간은 섞여 있었다는 게 팩트다.

이름을 듣고 일어나 갈색 문을 열면 하얀 내부와 창으로 밝게 들어오는 햇빛이 먼저 보인다. 그 광경에 더욱 초조해지는 나. 의사는 묻는다. 왜 본인이 공황장애라고 생각했어요? 최대한 눈을 마주치려고 애쓰며 대답한다. 인터넷에 검색해봤어요. 별것도 아닌 질문을 대단한 것처럼 묻는 의사와 이마저도 아니꼬운 나. 눈을 깜빡이는 것이 뇌관을 건드린 듯 곧바로 눈물이 나기 시작했다.

엄마가 저를 버려두고 갔다가 돌아왔어요. 중학교 입학할 때가 되어서야 같이 살았고 그래서 더 각별한 것 같아요. 근데 엄마가 아프대요. 옛날부터 아팠대요. 큰 병은 아니래요. 요즘엔 괜찮아진 것도 같아요. 근데 그냥 걱정이 되고 이기적이지만 그럼 이제 나는 어떡하지? 자꾸 그런 생각이 들어요. 엄마가 다시 아프게 되면 그것도 물론 걱정이지만, 엄마가 죽으면 혼자 남은 나는 할머니에게 돌아가야 하는데, 그게 더 걱정이 돼요. 저는 남자도 좋아하거든요. 이런 저를 할머니가 다시 받아줄지 모르겠어요. 친구들은 잘 있어요. 친구가 많진 않지만 깊게 사귀는 편 같아요. 근데 가끔 질투 나는 애들도 있고 그래요. 화를 내면 쪼잔해 보일 테고. 아니꼽지만 무시하려 노력하는데 결국 잘 안 되고 그냥 혼자 삭혀요. 화내는 법을 모르겠어요. 참는 게 편해요. 맞춰주는 게 좋아요. 진실에 거짓을 섞는다.

원장은 내가 울기 시작한 때부터 손에 쥐고 있던 티슈 한 장을 내민다. 그리고 내 인생에 대한 감상평을 늘어놓는다. 예뻐 가지고 왜 우울해하고 그래요? 그 말에 또 스트레스를 받는다. 감정은 쉽게 추슬러지지 않는다. 눈물이 계속 흐르는 와중에도 불쾌함을 느낀다. 예뻐 가지고 왜 그러냐니. 예쁜 사람은 이러면 안 되나요? 예쁘지 않은 사람들은 우울해도 되나요? 예쁜 게 뭐죠? 왜 나를 예쁘다고 하세요? 왜 나를 평가하세요? 속으로 웅얼거려봤자 원장의 평가는 계속된다. 어리고 예뻐서는 왜 그래요?

예쁘고 착해서 그런 거예요. 얼굴도 귀엽고 예쁜데 왜?

다시는 이곳에 발도 들이지 말아야지 다짐한다. 한 시간 가까이 앉아 귀엽네 어리네 예쁘네 품평만 듣고 상담실을 나온다. 처방받은 약을 버린다. 평가의 대가로 주어지는 보상 같다. 남들이 보면 별것도 아닌 일에 유난을 떤다고 하겠지만, 나는 별일에도 미치게 신경을 쓰는 사람이어서 그렇다. 죄송합니다. 유난 떠네요. 제가 또. 듣지도 않는 대중에게 머리를 조아린다.

잠을 자다가 중간에 깨는 횟수가 늘었다. 잠에서 깨면 심장이 미치도록 두근거린다. 너무 빨리 뛰어서 속이 다 울렁거릴 지경이다. 이렇게 심장이 빨리 뛰다가 멈추면 어떡하지. 이러다 죽으면 어떡하지. 죽을 것 같은데 어떡하지. 어떡하지. 쓰레기통에 버린 약이 간절해진다. 간절해지다가 만다. 예쁘고 어리고 귀엽고 어쩌고 평가하는 사람의 약이 제대로 된 약일 리 없다. 이러다 곧 괜찮아지겠지. 깊게 숨을 들이마시고 길게 내뱉는다. 심장 박동은 쉽게 잦아들지 않는다. 심장 뛰는 소리가 귀에 들릴 지경에 이르렀다. 누워서 가만히 있어도 가슴이 올라왔다 내려가길 반복하는 게 보인다. 내 심장은 대체 무엇 때문에 이리 바쁘게 움직이는지? 도대체 얼마나, 언제까지 바쁠 건지?

그럼에도 불구하고 나는 아직 살아 있다.

새로운 환경에서 눈을 뜨고 양치를 하고 샤워를 하고 교복을 입는다. 오늘도 가방이 없다. 가방을 빌려줄 김동영도 없다. 엄마의 이만 원짜리 꽃무늬 가방을 들고 등교할 수도 없는 일이다. 이제 대학이고 앞날이고 포기한다. 중졸로 살 수는 없으니 고졸이라도 하자는 다짐으로 집을 나선다. 대로변에 나가 정차되어 있는 택시를 잡아타고 목적지를 말한다. 출근 시간이라 길에 틈이 없다. 가만히 서 있는 와중에도 택시 요금은 올라간다. 금액이 올라갈수록 마음의 평화가 찾아온다. 어차피 내 돈 아니고 빚져도 내 빚 아니다. 이 상황은 진짜 미쳤을지도 모를 나에게 오히려 한 줄기 빛.

그나저나 나는 오늘 누구 옆에 앉아야 하지? 김동영이 내가 게이라고 소문냈으면 어떡하지? 어떡하지. 어떡하지. 나는. 이제. 어떡하지. 김동영의 얼굴을 마주할 생각을 하니 눈앞이 깜깜해졌다.

"기사님. 죄송한데 한강으로 가주세요."

기어코 택시의 방향을 튼다. 죄송합니다. 담임 선생님. 조만간에 자퇴 절차를 밟으러 갈게요. 지우개 맞을 바엔 그냥 중졸로 살다가 죽는 게 나을 것 같다고 결론짓는다. 이른 아침 택시 안에서 꿈도 희망도 잃어버린 나. 웃긴 인생이다.

가진 것 하나 없이 걷는 발걸음이 가볍다. 누군지도 뭐 하는지도 모르는 사람의 신용 카드 하나만 덜렁 들고 길거리를 배회한다. 교복 넥타이가 숨이 막힌다. 그렇게 걷다가 전화가 울린다. 선생님인가 싶어 바로 확인한다.

응, 종석아. 종석이는 주기적으로 나한테 전화한다. 정신병은 다 나았냐? 정신병이라는 그 병명이 참 상스럽다. 응. 다 나았어. 초조하고 불안한 심장으로 거짓말한다. 허언증이 아니고 거짓말을 해야만 한다. 어차피 거짓말은 꼬리가 길면 잡히지만.

"낫긴 뭘 나아? 약도 안 처먹는 주제에."

남들이 보면 환자를 지극정성으로 간병해주는 사람 혹은 표현이 서툴러 저렇게밖에 걱정해주지 못하는 사람으로 보이겠지만 적어도 나는 실체를 알고 있다. 보통, 청소년이 잘못을 하면 부모가 자식을 어떻게 키운 거냐며 잘못 키운 것에 대해 흉을 보곤 한다. 그러나 난 대부분 자식들의 행동거지는 교육이 아니라 같은 피로부터 유전된다는 걸 알고 있다. 부전자전이라는 말이 괜히 있는 게 아니다.

"괜찮아서 안 먹는 거야."

"괜찮아도 와. 게이 새끼야. 원장님이 너 예쁜 거 보는 맛에 사시잖냐."

세상은 좁고 인간은 어디에나 연결되어 있다. 세 다리만 건너면 모르는 사람이 없다는 말은 진짜였다. 왜냐. 나를 희롱하는 원장의 아들은 종석이고, 나를 때리는 종석이의 아빠는 원장이다. 원장은 아들에게 그날 만난 환자를 능욕하는 게 일과다. 그날은 아마 나에 대해 얘기했을 거다.

오늘은 글쎄 게이가 공황장애라고 찾아왔다. 자기가 남자를 좋아하는데 들킬까봐 불안하다더라. 근데 걔가 너랑 같은 학교 다닌다던데? 원장이 말했을 거고. 걔 이름이 뭔데요? 종석이가 물었을 거다.

원장과 종석이 같은 피가 섞인 사람이라는 걸 알게 된 건, 종석이가 나를 게이라 망신 주며 빰을 때렸던 날, 바로 그날이다. 황

현중. 누군지 알지? 계속 와. 우리 아빠가 너 예쁘대. 뭘 쫄고 그러냐. 야동을 너무 많이 봤네. 우리 아빠가 환자 앉혀놓고 추행이라도 할 것 같냐? 씨발. 너 우리 아빠를 쓰레기로 몰고 가냐? 나는 또 맞았고 가만히 있었고 욕을 먹었고 혼자 위로했다. 원장님도 제정신이 아니고, 종석이도 제정신이 아니다. 둘을 같이 정신병원에 쳐 넣어야 한다. 그래도 맞기 싫으니 어쩔 수 없이 참는다. 종석이가 가라 하면 가야 한다. 너는 어리고 예쁘다. 얼굴도 예쁘고 몸도 예쁘고 다른 곳도 다 예쁠 것 같다. 이딴 구역질 나는 말이나 듣고 오면 된다. 처방받은 약은 전부 버리고. 왜 약을 버리냐고 욕먹고. 네 아빠가 이상한 약 넣었을까봐 그런다. 역시 말 못 하고. 혼자 생각하고.

알았어. 가면 되잖아. 어엉. 한강을 마주 보고 소리 지른다. 아아아아아아아아악. 한강에는 시체가 얼마나 많이 들어 있을까요? 요즘에는 한강에서 죽으면 가족들이 벌금을 내야 한댔나? 안 되겠네. 우리 엄마 돈 없으니까. 엄마가 낳았으니까 엄마가 직접 죽여줬으면 좋겠다. 나보고 대체 어쩌라는 거냐고 따지고 싶다. 이쯤 되면 신을 찾을 때가 됐다.

나는 무교. 그러나 신을 찾는다. 원래 필요할 때만 찾는 게 신이다. 신을 안 믿는 이유 첫째, 신이 있다면 이 세상 사람들이 전부 행복할 거다. 나는 불행하니 고로 신은 없다. 둘째, 신을 믿지 않아서 불행이 찾아오는 거라면 신은 신이라 불릴 자격이 없지 않은가. 자기를 맹신하지 않는다고 벌을 내린다니? 그냥 속이 좁아터진 귀신이다. 그러므로 나는 신을 믿지 않는다. 아멘.

아마 지금부터 신을 믿기 시작한다 해도, 내 행복을 빌려면 대기 번호를 뽑아야 될 거다. 우리나라만 해도 교회가 몇 개고 그 교회에 다니는 사람이 몇 명인데. 나는 아마 대기 번호 960201127번 정도? 환생을 한 열 번 정도 하면 소원을 들어주실 것 같다.

강에서 불어오는 찬바람이 매섭다. 교복 마이를 동여매고 길을 따라 걷는다. 나뭇가지는 앙상해졌고 잔디는 생기를 잃었다. 죽어 있는 모든 것들이 나를 죽게 만든다. 페인트칠이 다 벗겨진 낡은 나무 의자에 앉아 홀로 심오해진다. 학교에 가지 않았는데도 아무도 나를 찾지 않는다니. 어디에 있냐? 무슨 일 있냐? 왜 안 오는 거냐? 이런 질문 하나 해주는 사람이 없다니. 온다는 연락이 고작 종석이의 독촉 전화뿐이라니. 빵을 맞지 않기 위해 제발로 성희롱을 들으러 가야 한다니. 기괴하다. 삶이. 지구는 둥글다더니 걷고 걸어도 끝은 없고 주기적으로 돌아오는 건 악몽뿐이다.

김동영 개새끼. 김동영 미친 새끼. 김동영. 김동영. 화는 나지 않는다. 나는 화내는 법을 모른다. 어젯밤 등교를 결심했을 때부터 나는 이미 김동영을 용서한 지 오래다. 우리가 애정 다툼까지 할 관계는 아니니까. 쌓아온 게 없으니 무너질 것도 없다. 그래도 욕한다. 사람이 매정하게 게이라고 배척을 해? 좀 다른 놈인 줄 알았는데 똑같은 놈이네. 게다가 난 게이도 아닌데.

그러고 보니 난 어제 약을 먹었다. 무슨 일이 있었던가? 없었던 것 같다. 죽은 듯이 잠을 잔 것밖에는. 내가 죽어서 부검이라도 하면 약 성분이 검출될까봐 걸릴 짓은 안 하는 건가? 원장놈. 의사라 그런지 똑똑하긴 하다.

아무것도 먹지 않아 속이 쓰리다. 근처를 빙빙 돌다가 눈에 띄는 레스토랑에 들어간다. 멀뚱멀뚱 서 있으니 검정 턱시도를 입은 남자가 자리를 안내한다. 이미 식사 중이던 손님들을 비롯해 직원들까지 이 시간에 교복을 입고 혼자 레스토랑에 오는 손님에 대해 숙덕대기 시작한다. 내 쪽을 바라보며 서 있는 직원을 향해 손을 든다. 직원은 최대한 표정을 감추며 주문하시겠습니까? 하곤 허리를 구부린다. 스테이크요. 굽기요? 그걸 제가 선택하라고요? 저 다 잘 먹으니까 그냥 알아서 해주세요. 세상에서 가장 볼품없는 주문을 끝마친다. 한강의 뷰를 보면서 써는 주먹 크기만

한 고기. 가장자리를 썰어내면 보이는 연한 핏물. 기름이 줄줄 흐르는 고기를 보며 신세한탄을 시작한다. 소는 좋겠다. 죽어서도 도움이 되는 삶이라. 또 영양가 없는 소리를 마음에 담는다. 휴대폰을 들어 카메라 어플을 켠다. 내가 행복하다는 걸 모두에게 증명하고 싶으니까. 뒈지게 불행해도 남들한텐 행복한 놈처럼 보이고 싶으니까.

필터까지 입혀 정성스레 찍은 고기를 메신저 프로필로 설정한다. 상태 메세지도 적는다. 나는 행복하다! 느낌표까지 알차게 붙인다. 그래야 좀 더 당차게 행복해 보이니까. 얼어 죽을 행복. 이 고기를 먹음으로써 행복해질 수 있는 거라면 공황장애 치료는 요리사가 하는 거네. 아니면 주문을 받아준 사람이 하는 건가? 더 나아가면 행복을 위해 한 몸 희생한 소가 해주는 건가?

프로필 사진을 바꾼 지 얼마 지나지 않아 전화가 온다. 어제 저녁부터 기다렸지만 받고 싶지 않은 전화. 그래서 그냥 무시하기로 한다. 전화는 끊긴 지 5초 만에 다시 울린다. 한 번 튕겼으니까 이제 받아줘야겠다는 생각으로 전화를 받는다. 사실 벨소리가 울린 순간부터 받고 싶었다. 알량한 자존심 한 번 세워봤을 뿐이다. 여보세요. 아, 여보 아니시죠. 자기세요?

"너 어디야?"

네가 알아서 뭐하게. 나는 새로운 자기랑 데이트하는 중이야. 만육천 원짜리 떡볶이가 아니라 육만 원짜리 스테이크 먹는데 왜? 불만 있어? 전화 너머에선 한참 동안 대답이 들리지 않는다. 생각보다 긴 정적이 흐른다.

"학교는 왜 안 왔어?"

김동영은 멍청한 소리를 한다. 아무 일도 없었던 척한다. 나는 상처받았고 힘들었고 죽고 싶었는데 또 나만 진심이었다. 가해자는 왜 본인이 가해자라는 사실을 잊는 거지? 나는 이 순간 김동영을 가장 미워하는 사람이 된다. 아니 증오하는 사람이 된다. 나를 이렇게 만든 장본인이 학교는 왜 안 왔냐는 뻔뻔한 말을 입에 담는다. 최악이다.

"너랑 짝하기 싫어서. 미안한데 나 데이트 중이야. 끊어도 되겠니?"

증오하는 사람치곤 상냥한 말투다. 본능적으로 느끼고 있었다. 아무리 싫어도 싫어하면 안 된다. 까불면 안 된다. 착한 호랑이라고 해서 육식을 안 하는 건 아니니까. 나는 또 빌빌 긴다. 고양이 정도는 되는 것 같다고 생각했는데, 화도 못 내는 걸 보니 아무것도 아니다 나는.

나는 전화를 끊었다. 나 혼자 잘 살고 있는 거 보니 배가 아픈가 보지? 고작 하루밖에 안 됐는데 나를 찾는 걸 보니 아쉬운가 보지? 식은 고기가 입안에서 질겅질겅 씹힌다. 비싼 고기라고 다 맛있는 건 아닌가 보다. 빨간 카드를 긁는다. 간단하게 계산을 마치곤 바로 밑층에 있는 카페에 들어간다. 메뉴판도 보지 않고 하는 주문은 호기롭다. 아이스 아메리카노 주세요.

어른인 척하고 싶어 행색에 맞지도 않는 아메리카노를 시킨다. 건물 안으로 들어오기 전까지만 해도 추위에 질려 어깨를 떨었으면서 아이스를 찾는 건 아이러니다. 나는 항상 말한다. 인간은 모순덩어리라고. 나는 모순 빼면 시체다. 그래서 김동영이 보고 싶다.

이번엔 내가 전화를 건다. 수신음이 울리기도 전에 목소리가 들린다. 너 어디야? 하는 목소리가 애처롭다. 보고 싶어서 전화한 건 난데 어째 역할이 바뀐 것 같은 기분이다. 감정은 뒤틀린다. 사과할 기회를 줄게. 어느 방면으로 봐도 약자인 주제에 기회를 주겠다고 말한다. 강자는 그 기회에 답한다. 미안해. 흠흠 거리며 고민하는 척하다가 못 이기는 척 받아준다. 내가 착하니까 봐주는 거야. 동영아, 나 떡볶이가 먹고 싶다. 떡볶이.

육만 원짜리 스테이크를 남겨놓고 한다는 말이 떡볶이가 먹고 싶어. 남들이 들으면 웃겠지. 하지만 내가 먹고 싶은 건 그냥 떡볶이가 아니다. 김동영이 사주는 떡볶이다. 한도조차 모르는 신용 카드를 들고 있지만 그래도 나는 김동영이 사준 떡볶이가 먹고 싶다. 어쩌면 떡볶이가 아니라 떡볶이와 함께 있던 그 시간을 사고 싶었던 것일지도 모른다. 양성애자라고 밝히지 말 걸. 좋아한다고 말하지 말 걸. 그때의 내가 조금 달랐더라면 우리는 지금쯤 옆자리에 앉아 수업을 듣고 있었을까? 성범이의 눈초리를 받으면서 김동영의 옆에 붙어 있을 수 있었을까?

우리는 같은 마음으로 서로를 오해하고 서로를 위하는 마음으로 서로에게 상처를 준다. 지독하고 쓰다.

9장. 소문

언어는 살갗이다. (…) 나는 그 사람을 내 말 속에 둘둘 말아 어루만지며, 애무하며, 이 만짐을 얘기하며, 우리 관계에 대한 논평을 지속하고자 온 힘을 소모한다.

—롤랑 바르트, 『사랑의 단상』

나는 다시 김동영의 집으로 향한다. 찬바람을 등지고 떠밀리듯 움직인다. 제법 시려오는 손끝을 말아 쥔다. 몸살 기운이 생겼다고 짐작한다. 하교까진 아직 시간이 남았다. 택시 승강장을 지나쳐 버스정류장에 다다른다. 빽빽하게 붙어 있는 버스 노선도를 한참 쳐다보다가 의미가 없음을 깨닫는다. 신문물을 두고도 사용할 생각을 하지 못하는 내가 새삼 멍청하게 느껴졌다. 현재 위치를 설정하는 나침반 아이콘을 터치하고 문자 메세지함에서 동영이가 보내줬던 주소를 복사한다. 복사 붙여넣기 한 번이면 한국에 있는 모든 곳을 유랑할 수 있다. 도망도 쉽고 쫓는 것도 쉬운 세상이다. 쫓기는 것만 여전히 어려웠다. 휴대폰에서 안내하는 대로 파란색 버스를 잡아탄다. 도망을 위해 필요한 것이 하나 더 있다는 사실을 자각한다. 한도가 남은 신용 카드. 핸드폰과 신용 카드만 있다면 어디든 갈 수 있다. 설령 그것이 방랑이나 유랑이라고 하더라도 말이다.

버스 안에서 바라보는 세상은 비교적 느리게 흘러간다. 3분에 한 번씩 정차하며 열리는 문과 그 문을 통해 순환하는 사람들이 시간을 증명한다. 검은 비닐봉지를 든 노인들에서 색색의 가방을 어깨에 걸친 초등학생으로, 노란색으로 머리를 물들인 중학생으로, 그다음엔 나로.

종점 가까이 갔는데도 시간이 남아 반대쪽 정류장에서 같은 번호의 버스에 다시 승차했다. 환승은 찍히지 않는다. 이제 나에겐 환승 금액 따위는 중요하지 않았다. 한참을 돌던 버스는 해와 달이 동시에 보이기 시작할 때쯤 나를 목적지에 인도했다. 여전히 세대 호출 버튼을 누르는 방법을 모른다는 점이 문제였다. 계단에 앉아 전화를 건다. 신호음은 두 번 만에 끊긴다. 현관 비밀번호 어떻게 누르는 거야. 물어보는데 대답 대신 현관문이 열린다. 제법 친근해진 엘리베이터에 오른다. 제법 익숙해진 문 앞에 선다. 제법 반가운 얼굴이 보인다. 안녕. 자기야? 오랜만이네. 떨어져 지낸 지 24시간도 채 되지 않은 우리는 어색하게 인사하고 어색하게 마주 본다.

언제나 그랬듯 우린 침묵을 유지한다. 싸우자는 말은 아닌데. 참다못한 김동영이 운을 뗀다. 기분 나빠하지 말고 들어, 라는 말 뒤에 오는 말은 언제나 기분이 나쁘듯, 싸우자는 말은 아닌데, 뒤에 오는 말이 싸움을 불러일으킬까봐 긴장한다. 화해한 지 얼마 되지 않았다. 또 싸움이 된다면 나는 맹세코 김동영과 절교할 거다.

“너 그 얘기 어디서 들었어?”

“무슨 얘기?”

“내가 게이라서 부모가,”

“아마 너 빼고 다 아는 소문일 걸.”

중간에 말을 끊는 걸 즐기는 편은 아니다. 그러나 이미 지난 일을 곱씹는 건 더 좋아하지 않는다. 그래서 말을 끊었다. 그게 더 나을 것 같았다. 억지로 베어버린 말은 날카로워진다. 너 빼고 다 아는 소문일 걸. 근데 소문은 소문일 뿐. 오해하지 않아. 너 헤테로라며? 그럼 무시하면 그만이지. 난 널 믿어. 그리고 나도 궁금한 거 있어. 기분 나빠하지 말고 들어. 진짜 궁금해서 물어보는 거야.

"너, 왜 혼자 살아?"

"그냥."

그냥? 그냥이 말이 된다고 생각하냐? 집이 멀어서 자취를 하는 거면 집이 멀어서 그렇다고 말하면 되고, 가정에 불화가 있어서 혼자가 편한 거면 혼자가 편하다고 말을 하면 되지 그냥이라고? 그래 말하기 싫으면 말아라. 기분 나빠하지 말고 들어. 내가 꺼낸 말에 오히려 내 기분만 잡쳤다. 나는 질문에 대한 모든 대답을 해줬는데도 미안하다는 사람의 행동이 고작 이따위였다. 떡볶이나 시켜줘. 나 배고파.

"다른 자기랑 밥 먹었잖아?"

"그걸 믿냐?"

이쯤 되니 의심이 가기 시작한다. 동영아 너 혹시 소문 샀니? 20대 1로 싸워서 이겼다. 이런 거 말이야. 내가 보기에 넌 싸움도 못 할 것 같고 욕을 그렇게 잘하는 것 같지도 않아. 왕따를 많이 시켰나? 근데 왕따 많이 시킨다고 일진이 되는 건 아니잖아. 왜 다 너를 무서워하지? 솔직히 말해도 돼? 너 그냥 돈 많은 호구 같아.

"네가 그렇다면 그런 거지."

"순종적인 척하지 마. 정색할 땐 언제고 이제 와서."

"너, 그 소문 믿지?"

"어떤 거?"

"아까 그거."

"관심 없어."

나는 이제 너 안 좋아하는데 네가 여자를 좋아하는지 남자를 좋아하는지 내가 알 게 뭐야. 다 무슨 소용이야. 근데 그렇게 물어보니까 관심이 조금 생기긴 하네. 김동영은 고개를 숙인다. 그리곤 뜬금없이 고백한다. 내가 하는 말에 화내지 않기로 약속해.

이따금씩 초등학생같이 군다. 사람 일 한 치 앞도 모르는 세상에서 다짜고짜 화내지 않기로 약속을 하란다. 보증 서면 그날로 인생 망하는 거랬는데, 이건 돈이 걸린 일 아니니까 일단 알겠다고 대답한다.

우리 가족은 기독교야. 종교 얘기로 말문을 튼다. 벌써 지루하다. 종교 없는 나한테 기독교 전파시키려고 그러는 건가? 기독교에서는 동성애를 인정 안 하니까 혐오하진 않더라도 인정해줄 수는 없다고 말하려는 건가? 그래서 화내지 말라고 했었나? 근데 이게 인정받을 일인가? 내가 그러고 싶어서 그러는 것도 아니고. 사랑을 하는 데 있어서 가장 중요한 요소가 성별이라면 나는 그냥 혼자 늙어 죽을 거다.

"그래서 나를 이해 못 해."

이게 무슨 말이지? 우리 집안은 기독교야. 그래서 나를 이해 못 해. 뜬금없이 시작한 종교 얘기로 뜬금없이 밝히는,

"그 소문이 맞아."

까발려진 진실에 웃는다. 김동영은 웃지 않는다. 너나 나나 같은

상황에 놓인 주제에 무슨 유난을 떨어. 동영아. 진짜 미쳤어? 왜 혼자 예민한 척 꼴값이야? 내가 좋아한다고 해줬으면 좋아하진 못할망정 가만이라도 있던가 했어야지. 왜. 사람을. 그따위로. 대하냐고. 화내지 않기로 약속했으니 우선 참는다.

"남자를 좋아한다고 말했어. 솔직하게 말하면 이해해줄 거라고 믿었어."

순진하고 바보 같고 착하고 순수한 호구. 이빨 빠진 호랑이. 곰의 탈을 쓴 애송이. 근데 왜 애들이 너를 무서워해? 본래 게이란 징그럽고 더럽다며 갈굼당하고 욕먹고 이유 없이 맞고 그러는 거잖아. 친구 하나 없이 구석에 처박혀서 쟤 게이래 얘기나 매일 듣고 그래야 하는 거잖아.

"그게 초등학생 때 일이야."

초등학생 때 정체성을 알았단 말이야? 나는 고작 의심뿐이었는데. 나는 내가 선생님을 좋아해도 되나? 우린 둘 다 남자인데? 이런 생각이나 했었는데 너는 게이라고 밝혔다는 말이지? 똑똑했네, 어릴 때부터. 영재였네. 어쩐지 남다르더라. 그래서 어떻게 됐는데?

“맞았어.”

“친구들한테?”

“아빠한테.”

전국에 있는 아빠들은 다 이 모양 이 꼴인가. 나도 그랬어. 매일 욕먹고 맞고 그랬다고. 그거 뭐 대단한 거 아니야. 내 자식이 게이인 걸 알고도 어이구 우리 아들이 게이구나 하며 이해해주는 부모가 몇이나 되겠어? 위로하는 방법을 몰라서 위로하지 않는 방향을 택한다. 위로받는 것도 서툴고 위로하는 것도 서툴다. 괜찮냐는 말을 뱉기가 커밍아웃만큼 힘들다.

“이제 곧 호적에서도 없어질 걸?”

“그건 좀 너무했다.”

“집안 망신이래. 괴물을 낳아서 팔자가 기괴해졌대.”

우리는 너무 고정관념을 타고 걷는 것 같아. 안 그래? 어릴 땐 뒤

집기만 해도 예뻐하고 걷기만 해도 천재라더니. 유치원에서는 받아쓰기 만점. 초등학교에서는 전교 일등. 중학교에서는 내신 상위 일 퍼센트. 고등학교에서는 일 등급. 그리고 좋은 대학. 좋은 학점. 좋은 직장. 좋은 연봉. 좋은 경력. 여기까지 이뤄놓으면 다음은 연애. 결혼. 아이. 아이의 교육. 결국 인생 전부가 과제야. 바라는 게 너무 많아. 세상은 왜 쉽게 변하지 않을까? 본인들이 겪었다고 남들도 다 그래야 하는 줄 알아. 그러니까 점점 젊은 꼰대들이 생기는 거잖아.

초등학교 때 왕따를 당했어. 부모 없는 애라고 놀림을 받았어. 선생님조차 나를 외면했어. 남자를 사랑하는 게 아니라 우정을 사랑이라 착각하는 게 아니냐고 어린 나를 앉혀두고 설교했어. 여자애들 교환 일기에는 내 얘기가 적혀 있었지. 김동영이 게이래. 지긋지긋하지 않냐? 그래서 중학교 입학하자마자 그랬다. 안녕. 나는 김동영이고, 게이야. 그래서 남자도 따먹어.

그냥 한 번 걸어본 거지. 당당함을 높게 보든가 그대로 매장당하든가. 후자였다면 나는 아직도 고개 들고 다니지 못했을 거야. 아마 고등학교를 자퇴하고 검정고시를 봤겠지. 근데 보니까 이런 반응이야. 다른 새끼들은 다 숨기는데 저놈은 떳떳하게 밝히는 걸 보니 뭔가 믿는 구석이 있구나. 그래서 더 아무렇지 않은 척했어. 믿는 구석이 있는 것처럼 행동했어. 약자에겐 강하고 강자에겐 약한 게 인간이니까. 그냥 말을 험하게 하면 돼. 시발. 일부러 세게 발음해. 씨발. 그럼 선생님한테 불려가. 가서 반성문을 써. 물론 반성문을 사실대로 쓸 수는 없어. 저는 게이인데 자기 보호를 해야 해서 어쩔 수 없이 센 척을 해야 했고 그래서 욕을 했습니다. 그렇게 적었다간 또 우정을 사랑이라 착각하는 게 아니냐며 설교나 들어야 할 테니까.

반성문을 쓰고 돌아오면 나는 꼴통이 되어 있지. 초등학교 땐 놀이터 모래밭에서 뒹굴고 한 대 치고 맞고 해야 누가 강자인지 약자인지가 나왔지만, 대가리가 커지면 안 그래. 본능적으로 알아. 얘는 모범생. 얘는 찌질이. 얘는 양아치. 노력형 양아치가 되면 돼. 돈 있냐 물어보면 내 손에 쥐어지는 지폐. 봤잖아? 나, 사실 돈 필요 없어. 근데 그냥 뺏어. 물론 단둘이 있을 땐 잘 해줘야 해. 그게 내 최소한의 양심이니까. 보는 눈이 많은 곳에서는 돈 있니? 물어봐. 그럼 난 그 공간에 있는 모든 사람보다 우위에 서게 돼. 쟤는 문제아다. 쟤는 뭔가 다르다. 그럼 담배를 피워. 너처럼. 나도 처음에는 약한 애들 앞에서만 뭐라도 되는 척했지. 나는 이런 짓도 하는 놈이다, 라는 걸 보여줘야 하니까. 근데, 니코틴 중독이라는 말이 괜히 있는 게 아니야. 머리가 나빠지는 게 느껴지잖아. 웃기지만 이 상황에서 난 공부도 잘해야 돼. 징그럽고 혐오스럽지만 낳아놨으니 키우기는 해야겠다는 부모가 존재하고 있으니까. 그런 마음을 가진 부모가 해주는 어쩔 수 없는 투자엔 상응해야 돼. 백 번 양보해서 눈 딱 감고 들이는 돈이잖아. 그 금액을 무시하고 공부까지 못하는 그냥 양아치가 되면? 호적이 파이는 걸로 끝이 날까 과연? 우리 아빠는 사람 불러다 머리만 내놓고 묻으라고 시킬 사람이야. 동성애는 불법이라며 피켓 들어도 청부 살인은 쉽게 할 걸? 네 아빠는 사람을 쓰는 대신 직접 폭력을 쓰셨지만 하여튼.

"사람 참 종류도 성향도 가지가지야. 다양성 있게 미쳤어. 그렇지?"

돌연 착잡해진다. 동영아, 담배 피울까? 김동영은 대답 대신 담배와 라이터를 챙겨 베란다로 나간다. 높은 곳에서 낮은 곳을 바라본다는 건 언제나 짜릿하지만 부담스럽다. 무섭고 상쾌하고 화나고 시원하고 긴장되고 숨통 트이고. 뛰어내리고 싶고. 물론 용기 없는 나는 난간에 매달리지도 못하지만.

떨어져도 안 죽을 것 같아. 가로등이 자갈밭을 겨우 비추고 있는 바닥을 내려다본다. 헛소리하지 마. 김동영은 불붙인 담배를 내민다. 담배가 타는 모양새를 한참 쳐다본다. 필터엔 불을 붙이려 입술을 댔던 김동영의 온도가 스며 있다. 담배는 스스로 타올라 재를 만든다. 그리고 이내 툭 떨어졌다가 바람에 쓸려 베란다 밖으로 떨어진다. 나는 언제쯤 바람에 쓸릴까. 죽고 싶다거나 죽을 거라는 말은 아니다. 내가 죽으면 엄마는 어떡해. 엄마를 나에게서 해방시켜주겠다는 다짐과는 다르게 족쇄라도 묶은 것처럼 엄마를 찾았다.

부모가 되어본 적이 없는 사람은 부모의 사랑을 이해하지 못한다는 말이 거짓같이 느껴지는 순간이 있다. 더운 여름 고아원 앞에 놓인 아이와 한 통의 편지만 봐도 그렇다. 본인의 인생이 더 소중할 거라는 것도 알고 있고, 여건이 되지 않는다거나 부득이한 사정이 있을 수 있다는 것도 알고 있다. 그럼에도 버려진 아이의 편을 든다. 부득이한 상황? 그럼 그 아이는 앞으로 어떻게 살아가야 하는데요? 이기적인 생각을 또 다른 이기심으로 바꾼다. 최대한 이기적으로 생각해본다. 나는 그래도 버려지지 않았으니 상관없어. 버려졌다가 주워 담긴 주제에 주제넘게 군다. 나의 위안을 위해 불행한 사람들을 이용하는 삶. 역겹고 더럽고 치사해도 어쩔 수 없다. 나는 공감 능력이 마이너스니까. 애초에 누가 나를 이렇게 만들었는데. 생각은 꼬리를 물고 결론은 항상 동일하게 도출된다. 나를 낳아놓은 부모 잘못이지.

"돈 없는 사람은 연애하지 말았으면 좋겠어."

짧아진 담배꽁초를 재떨이에 비벼 끄는 김동영에게 선언한다. 나는 절대 돈 없는 사람이랑 연애하지 않을 거야. 굳건한 신념에 한마디 던진다.

"그래."

가진 사람은 이런 말에도 여유롭다. 전에 인터넷 카페에서 만난 항아리 같은 체격의 애들은 여름마다 입고 나오는 회색 반팔에 샤워조차 제대로 못 해서 냄새나는 몸은 기본이고 자기 얼굴이 연예인급 아니냐는 헛소리나 해대며 미용실 진상이 되는 게 일쑤였다. 내가 그런 애들만 만난 게 아니고 세상에는 그런 애들밖에 없다. 양심은 뒈진 주제에 성욕만 넘치는 인간쓰레기들. 그런 애들이 꼭 데이트 폭력으로 잡혀간다. 물론 나는 헛구역질을 겨우 참으며 웃어줬다. 맞으면 최소 중상을 입을 것 같아서. 남자를 좋아하는 것도 아니면서 괜히 남자랑 자봤다고 어깨 올리기 위해 게이 카페에 가입하는 족속들. 자기네들 자랑거리를 위해 순진하고 진정성 있는 게이들을 꼬신다. 영화 볼래? 밥 먹을래? 공짜 영화, 공짜 밥 생각하고 나갔다가 더치페이라는 명목으로 계좌이체를 몇 번 했다. 돈이 없으면 작업도 걸지 마라. 미친 새끼야. 1:1 쪽지 보내고 카페를 탈퇴했다.

걔들한테 돈 없으면 연애하지 말라고 말했다간 또 침 튀기며 개소리하는 거 숨을 참고 들어줬어야 했을 거다. 근데 동영이는 딱 한 마디로 하니까 그게 또 멋있다. 숨을 몇 번 크게 쉬고 들어가 차가운 가죽 소파에 앉는다. 엄마가 궁금해할까봐 집이 너무 멀어 친구 집에서 자고 가겠다며 성의 있는 문자 한 통을 남긴다. 끝에 한 줄을 덧붙인다. 답장 안 해도 돼요. 엄마는 기어이 잘 자라는 답장을 보낸다.

할아버지는 어릴 때부터 항상 그랬다. 네 엄마는 불쌍한 사람이니까 네가 잘해야 돼. 네 엄마는 불쌍한 사람이니까 네가 열심히 해야 돼. 네 엄마는 불쌍한 사람이니까 네가. 구시렁구시렁. 귀로 흘러들어와 뇌에 저장되지 못한 문장은 소멸된다. 그 소리에 대충 고개를 끄덕인다. 배에 호스를 꽂고 있던 엄마. 할아버지에게 맞던 엄마. 나는 그 모습을 전부 기억한다. 엄마를 불쌍하게 만든 사람은 할아버지잖아요. 앨범을 보면서도 그러시잖아요. 현재의 엄마를 사랑하지 않으시잖아요. 네 엄마가 이때는 똑똑했어. 이때는 인기 많았어. 이때는.

현재를 있게 한 과거형. 그러니까 어린 엘리트를 신격화하지 마세요. 엄마가 그랬거든요. 집에 늦게 들어가면 머리가 잘렸고 그 흔한 불량 식품 하나 돈 아깝다며 사주지 않았다고. 엄마는 할아버지 할머니를 원망하는데 모르시죠? 저도 엄마를 원망했던 적이 있어요. 아마 엄마는 모를 걸요. 다행이죠. 전 이제 엄마를 사랑하니까. 아쉽게도 엄마는 아직 할아버지를 사랑하지 않지만. 혀 위를 구르던 말은 한숨이 되어 공기에 먹혔고 반복되는 단답 한 마디만 끈질기게 뱉어낸다. 네~^^.

동영아. 나는 결혼하면 절대 애를 안 낳을 거야. 물론 내가 낳는 건 아니지만, 낳지 말자고 하면 애인도 좋아하지 않을까? 근데 나 같은 사람이랑 결혼할 사람이 있으려나? 결혼식장에서 결혼식 올릴 돈은 있을까? 집을 얻을 전세금이나 있을까? 갑자기 현실이 막막해진다. 동영아 넌 그래도 돈 있으니까 좋겠다. 돈 많은 집안은 돈 많은 집안끼리 결혼하던데. 넌 어떤 결혼이 좋아? 엄청 성대하게 하려나? 와인 잔 들고 건배하고, 정장 입은 사람들 막 모여서. 근데 부모님은 무슨 일 하셔? 부럽다. 교육비도 걱정 안 해도 되겠네. 막 영재들 모이는 유치원에 보내고, 교복 입는 초등학교에 입학시키고. 그런 곳에는 연예인 자녀들도 있다던데.

"네가 무슨 소리 하고 있는지 자각해?"

"그게 무슨 말이야?"

"내가 묻고 싶은 말이야."

게이가 무슨 결혼을 해? 무슨 자녀 계획을 세워? 김동영의 미간에 주름이 잡힌다. 실수다. 양성애자인 나와, 나를 게이라고 알고 있는 김동영. 분위기가 수상해졌다. 또다시 꼬리가 밟힌다. 이럴 땐 약자가 굽히고 들어가야 한다. 물론 내가 약자라고 생각하는 건 아니다. 하여튼 쫓겨나면 여러모로 고생할 건 김동영이 아니라 나니까 살아나갈 궁리를 해야 한다.

"너 결혼 안 해?"

"게이가 무슨 결혼을 해. 미래엔 동성 결혼이 합법화될 거라고 믿는 거야?"

생각도 해본 적 없는 말이 김동영의 입에서 나온다. 미래에 동성 결혼이 합법이 된다면 당연히 좋겠지. 근데 내가 아무리 멍청해도 이런 건 안다. 세계는 변화하고 있고 그에 따라 우리나라도 물론 발전하고 있지만, 동성애를 혐오하는 사람이 판치는 판국에 동성 결혼 합법화라니. 물론 동성 결혼이 허가된 나라에서도 동성애를 혐오하는 사람들이 있긴 하겠지만 우리나라엔 있는 정도가 아니니까. 과연 시대가 변화할까? 아무리 생각해도 아니, 아니다. 그래도 달리 둘러댈 변명이 없으니 일단 대답한다. 될 수도 있지 왜 편견을 가지고 그래?

"동성 결혼이 합법이 된다고 해도 자녀 계획을 세우는 건 말이 안 되잖아."

"하지만 지금도 버려지는 아이들이 넘칠 텐데."

생각을 거치지 않고 나온 말에 스스로 놀란다. 마치 국어 선생님이 낸 문제의 답을 서술자라고 말했을 때의 기분이다. 내 말에 김동영도 마땅히 놀란 표정을 짓는다. 입양 계획까지 세운 거야? 나는 사실대로 대답하지 못한다. 나는 사실 게이가 아니라 바이섹슈얼. 한마디로 동성애자가 아니라 양성애자라는 것. 그러나 나는 게이라고 놀림받았고, 게이라고 왕따당했고. 그러니까 게이라고 말하는 게 편해졌을 뿐이었다. 다른 의도는 없었다. 김동영은 나를 게이라고 맹신했다. 맞다. 이건 내 실수. 그래서 일단은 숨기기로 한다. 지금은 김동영을 좋아하니까 별 상관없잖아. 오늘도 합리화를 보챈다.

시시콜콜한 이야기를 나누며 우린 밤을 샌다. 초췌한 몰골이 꼴사납다. 먼저 씻을래? 그제야 샤워실의 개수를 자각한다. 같은 집에서 씻고, 밥도 먹고, 잠도 자고, 같은 교복 입고, 같이 등교를 한다는 건? 사귀는 게 아닌가? 사랑에 금방 빠지는 나는 김동영을 저주했던 몇 시간 전과는 다르게 다시 한 번 사랑에 빠진다. 사랑은 쉽고 이별은 더 쉬운데 다시 사랑에 빠지는 건 더더더더 더 쉽다. 사랑했던 사람과 이별을 결심하고, 얼마 못 가 재결합을 하는 커플들도 같은 이유일 거라 생각한다. 나에 대해 잘 알고 있는 상대방에겐 설명이 필요하지 않으니까. 알아가는 시간이나, 따분한 취향에 대한 물음도 필요 없으니까. 익숙한 것은 이래서 무섭다. 내가 우울에서 빠져나오지 못하는 이유 역시 우울에 익숙해져서가 아닐까 생각한다. 우울에 익숙한 나는 오히려 웃는 것이 버거웠다. 웃어도 될까? 이러다가 다시 우울해지면 어떻게 버텨야 하는 거지? 수많은 고민은 또 나를 감옥으로 인도하곤 했다.

김동영은 또 자기 가방을 내민다. 너, 벌점 받으면 안 되잖아. 우린 동시에 걱정을 시작한다. 내가 아니라 서로를 걱정한다. 벌점을 받으면 안 되는 건 매한가지면서도 그런다. 그러다가 생각난 다짐.

"나 이제 학교 안 다닐 거야."

"왜?"

"그냥. 멋있잖아."

멋에 살고 멋에 죽는 인생을 꿈꾼다. 꿈은 깨면 잊혀진다. 꿈속의 꿈. 내 꿈은 대통령. 내 꿈은 연예인. 내 꿈은. 일어난다. 잠에서 깬다. 잊혀진다. 내가 무슨 꿈을 꿨더라?

"이상한 소리 그만하고 가방이나 메."

"애들이 뭐래?"

"호구라고."

"그렇구나."

"너 말고 나."

10장. 동영

> 푸른 도화선 속, 꽃을 몰아가는 힘이 / 푸른 내 나이 몰아간다. 나무뿌리 시들리는 힘이 / 나의 파괴자다. / 하여 말할 수 없구나, 허리 굽은 장미에게 / 내 청춘도 똑같은 겨울 열병으로 굽어진 것을
> — 딜런 토마스, 「푸른 도화선 속, 꽃을 몰아가는 힘이」

우리에게 집중되는 뾰족한 시선들. 따갑다. 상처 하나 없이 통증을 느낀다. 왜? 왜 우리를 쳐다봐? 네가 예뻐서 그래. 그런 말 하지 마. 예쁜 게 뭐야. 예쁘다는 게 다 뭐야. 내가 물건이냐? 동영아, 너 예쁘다. 물건 할래? 그럼 기분 좋아? 듣기 싫은 말은 남한테도 하지 마. 우리가 남이냐? 우리가 남이 아니면 그럼 가족이냐? 굳이 따지자면 동거인 그 어디쯤 되겠지. 그래서 쟤네는 언제까지 우리를 쳐다보려고 저러냐? 연예인이 된 기분이다. 연예인? 꿈같아. 오늘부로 내 꿈 이뤘네.

"얘들아!"

또렷하던 눈동자의 초점이 꺼진다. 일괄적으로 멍청해진다. 일제히 돌아가는 고개와 몸뚱이들이 야속하다. 난잡스러운 상황의 종료를 알리듯 종이 울린다. 담임이 들어온다. 어제는 왜 학교에 나오지 않았니? 같은 지루한 질문도 없다. 해야 할 이야기가 오가지 않는다. 여느 때와 다름없는 일상으로 인파가 몰려든다. 재네 사귄대? 김동영이 뭐가 아까워서? 쟤 중학교 때 왕따였다잖아. 김동영은 게이인데 뭐. 끼리끼리 잘들 놀게 놔둬.

“동영아.”

성범이가 동영이를 부른다. 왜 성범아? 전에 빌려준 돈 돌려줬으면 좋겠어. 그거 빌려준 거였어? 응. 김동영이 지갑을 꺼낸다. 난 또 팁을 주는 줄 알았지. 빳빳한 수표 하나를 내밀며 김동영은 웃는다. 주위가 소란스러워진다. 팁?

근데 성범아, 난 너보다 쟤가 더 좋더라. 합의되지 않은 손가락이 나를 찌른다. 상황 판단은 나를 제외한 모두에게 적용됐다. 이해하지 못하는 건 오직 나 하나. 그러니까 김동영이,

“성범아, 다음엔 더 예쁘게 하고 와.”

"무슨 소리 하는 거야?"

"같은 취향끼리 모르는 척하긴."

소문을 소문으로 갚은 것이다. 수표 한 장짜리 소문. 그것은 만 원보다 비싸게 팔렸고 빠르게 팔렸다. 빨판상어마냥 창문에 붙어 이야기를 기생하던 아이들은 저마다 대박!을 외치며 사라진 지 오래였다. 동영이는 똑똑하다. 눈에는 눈, 이에는 이, 소문에는 소문이다. 그 얘기 들었냐? 김동영이 게이라는 거? 근데 성범인지 뭔지 개랑 잤대. 몰라. 모텔 앞에서 본 애들도 있대. 미성년자가 모텔을 어떻게 들어가? 그냥. 수위 조절이 불가능한 소문은 일파만파 커진다. 밀물에는 밀려오고 썰물에는 쓸려나가면서. 근데 개랑 사귄다던데? 누구? 황종석의 개노릇했던 애가 있대. 김동영 집에서 같이 산대. 누가 그런 말을 했어? 성범인가? 김동영이 바람나서 빡치니까 성범이가 퍼트린 거네.

아냐. 김동영이 조성범이랑 잤다는 건 김동영 입에서 나온 말이야. 그래서 어디부터 거짓인데? 진실은 뭔데? 알 게 뭐야 어쨌거나 아니 땐 굴뚝에서 연기 나겠냐? 본 사람이 있고 들은 사람이 있으니까 이런 얘기가 나왔겠지.

졸지에 우리의 비밀은 까발려졌고 그렇게 몰락했다. 이러다 말겠지. 이러다가 잠잠해지겠지. 오고 가는 이야기 속에서도 태연하려 애썼다. 너, 재 가능? 김동영이랑 사귀는데 어떻게 하냐? 초식하는 호랑이도 호랑이였다. 불가능. 나는 개랑 못해.

육식이든 초식이든 동영이의 이빨은 나를 지키는 데 사용된다. 동영아, 너는 괜찮아? 나랑 이렇게 엮여도 정말 괜찮아?

"너야말로 괜찮아?"

"나는."

"나랑 이렇게 엮이는 거."

"괜찮지."

"응. 그럴 것 같아서 그랬어."

같이 복도를 걸으면 동일한 시선을 받는다. 같이 밥을 먹으면 동일한 시선을 받는다. 같이 하교를 하면 동일한 시선을 받는다. 같이 등교를 하면 동일한 시선을 받는다. 같이 교실을 나가면 동일한 시선을 받는다. 같이 교실에 들어가면 동일한 시선을 받는다. 시선은 우리와 함께하고 시선의 단짝은 옮겨 붙어 몸뚱이를 키운다.

성범이가 학교에 나오지 않는다. 나는 핸드폰을 뺏기고, 게이라는 사실이 떠벌려지고, 남자도 따먹는다는 말을 듣고, 지우개를 맞으면서도 학교에 다녔는데 성범이는 게이라고 소문난 후부터 학교에 나오지 않는다. 게이라는 말이 여간 충격이 아니었나보다. 그게 왜 충격이지? 사랑에 성별이 왜 중요한 건데? 나는 동영이가 여자여도 사랑했을 텐데. 물론 동영이는 아니겠지만.

매점에서 사온 캔 콜라를 내민다. 이건 갑자기 왜? 그냥. 적당히 단단한 알루미늄의 표면에 물방울이 맺혀 흐른다. 떨어진 물이 글씨 위에 스며든다. 잉크가 번진다. 문득 우리나라의 과거가 슬프게 느껴진다. 왕과 왕이 서로 사랑을 했다면 전쟁 없이 나라를 확장시킬 수 있었을 텐데. 과거에는 바이섹슈얼이라는 단어가 왜 없었는지에 대해 적어본다.

첫째, 이성과 결혼을 해야 한다.
둘째, 아이를 낳아야 한다.
셋째, 나라를 키워야 한다.

어쩌면 반대의 순서일지도 모른다.

첫째, 나라를 키워야 한다.
둘째, 아이를 낳아야 한다.
셋째, 그러므로 이성과 결혼을 해야 한다.

적과 싸워 이겨야 한다는 당연함. 당연함 속에서 무뎌진다. 강자와 강자가 만나면 천국이 되는 쉬운 결론을 배제하고, 강자와 약자가 만나 굳이 지옥을 만든다. 지옥은 약자만이 느끼는 세상이겠지만 말이다. 김동영은 강자다. 그래서 천국이라면 나 또한. 지옥이라면 나는 결국.

엄마의 세 번째 남자친구의 카드로 가방 하나를 사서 동영이에게 선물한다. 검은색 가방이 김동영의 사상과 잘 어울린다. 사실 김동영의 사상을 잘 알진 못한다. 그저 카드 사용 내역이 울렸을 테니 생존 신고를 한 것이나 다름없고, 우리에겐 각자의 가방이 생겼으니 앞으로 벌점을 받지 않는다는 사실만이 존재할 뿐이다.

"웬 가방이야?"

"너 대학 가야 하니까."

"근데?"

"벌점 받으면 대학 못 가니까."

"너는?"

나는 뭐, 우선 졸업은 하기로 했어. 졸업하고 백수처럼 살겠지. 어디 지하철역에서 구걸이나 할 수도 있고. 내가 언제까지 여기 살 수는 없잖아. 스스로 한 말이 대견해 어깨를 올린다. 그래도 미래에 대한 걱정을 하잖아. 죽을 궁리가 아닌 게 다행이지 뭐야. 일단 살 궁리라도 한다는 게. 지하철역에서 구걸을 하더라도 죽지 않고 살겠다는 게. 근데 동영아. 왜 죽고 싶다는 생각이 드는데도 죽음이 무서울까?

자살하면 지옥에 간다잖아. 동영이가 말한다. 기독교 집안이라는 명성다운 문장이다. 동영이는 신을 믿을 수 없다. 동성애를 배척하는 세상에서 신이라니. 모순적이게도 동영이는 신을 믿는다. 너, 줄 섰어? 예수 앞에 줄 섰냐고. 네 소원 들어준대? 소원이 혹시 기독교인도 동성애를 이해할 수 있게 해주세요. 이런 거야?

"소원은 생일, 초 부는 날에나 빌어."

"그럼 예수를 뭐 하러 믿어? 소원도 없는데."

"소원이 생기게 해달라고."

"이상한 소원이네."

그건 소원이 아냐. 그게 소원이야. 소원을 만들어달라는 게 왜 소원이야? 소원을 만들어달라고 비는 게 소원이지. 아니.

"그건 그냥 부탁이야."

정적은 이상한 물음과 멍청한 대답을 함께 괴롭게 한다. 예수께 부탁하겠다고? 좀 본새 나는 일인 것 같아. 소원은 손바닥 비비면서 울부짖어야 할 것 같은 단어인데 부탁은 좀 정중해 보여.

노트북을 열어 백팩을 검색한다. 어차피 소문난 거 더 재밌게 살아보자. 어릴 땐 책가방이라고 불렀는데 이제는 백팩이라고 한다. 10년이면 강산도 변한다더니 요즘은 8년으로 줄었나? 우리 집 뒤로 강산은 그대로던데. 바뀐 게 이딴 것뿐이라니. 그저 단어를 대체하는 또 다른 단어. 김동영에게 선물한 가방과 같은 것을 골라 결제 버튼을 누른다. 결제 창에 빨간 카드에 적힌 카드 번호를 옮긴다. 졸지에 가방이 세 개가 되었다. 문제될 건 없다. 앞으로 우리는 벌점에 대해 고민하지 않아도 된다. 다만,

"이제 우리 사귀는 거 팩트라고 소문나겠네?"

"아닌데 무슨 상관이야?"

농담으로 던진 말에 돌아온 진실이 따갑다. 사람의 마음을 횡령하고 싶다. 내가 사랑하는 사람들이 그만큼 나를 사랑했으면 좋겠다. 나는 사랑받는 사람이고 싶다. 그런데 나를 사랑하는 건 나 자신밖에 없다. 어쩌면 나 자신조차 스스로를 사랑하지 않을 수도 있다. 불공평한 일이다. 나도 나를 잘 모른다. 다음 생에는 나를 사랑할 수 있는 사람으로 태어나야지. 다음 생이 있을지 의문이다.

며칠 전 냉장고에 넣어둔 떡볶이를 꺼낸다. 딱딱하게 굳은 떡을

괜히 젓가락으로 찔러본다. 김동영은 말없이 음식물 쓰레기통을 연다. 반도 넘게 남은 떡볶이가 버려진다. 아깝다. 저 어묵이 만들어지려고 얼마나 많은 물고기가 희생되었을 것이며, 저 떡을 만들기 위해 얼마나 많은 밀과 쌀이 필요했을 것인가? 그 밀과 쌀을 만들기 위해 농부들은 얼마나 많은 땀과 시간을 들였을 것인가? 역시 노력 없이 되는 것은 없다. 돌연 짜증이 치민다. 만 육천 원이나 내고도 남의 노력을 신경 써야 하나? 만 육천 원을 벌기 위해 들인 노력은 누가 알아주지?

내 주머니에서 나온 돈이 아닌데도 나는 화를 냈고 그런 나를 보며 김동영은 웃었다. 그리고 한다는 말이 더 우스웠다. 너, 글 써 보지 않을래? 글이라는 단어가 허공에 던져진 순간부터 심장이 요동쳤다. 글 쓰는 사람이 되고 싶었던 나. 글 쓰는 사람이 되기 싫었던 나. 글밖에 쓸 줄 몰랐던 나. 신물이 목을 타고 역류했다.

뜬금없이 웬 글이야? 말하는 목소리가 아슬아슬하게 떨린다. 그냥, 재밌을 것 같아서. 김동영은 옆에 있던 노트북을 내게 내민다. 글 써봐. 어떤 거라도. 네가 하고 싶은 말 전부 글로 적어봐. 나는 그 목소리가 감사하다. 나는 그 목소리가 두렵다. 나는 그 목소리가.

나는 유치원에 들어갈 때부터 글쓰기 학원에 다녔다. 매일 빨간 줄이 그어진 원고지에 상상의 나래를 펼쳤다. 편지도 많이 썼다. 엄마는 밤하늘의 어쩌고저쩌고. 그 편지를 보며 우리 가족은 나에게 확률을 걸었다. 얘는 글을 쓰는 사람이 될 것이다.

자식을 돈으로 보는 부모의 눈에는 유독 콩깍지가 잘 씌곤 하는데 그 콩깍지가 내겐 글이었다. 정확히는 부모가 아닌 조부모의 눈에 씐 콩깍지였다.

학원에선 영어 토론을 했다. 자기 의견은 필요 없었다. 찬성과 반대편을 임의로 나눠 내 주관을 바꿔야 했다. 찬성을 외치고 싶어도 반대 의견을 말해야 했고, 그러다 보니 부당한 일에 대해서도 부당하다 말하지 못하는 사람이 되어 있었다.

나는 가수가 되고 싶었다. 작사가를 해보란다. 나는 방송국에서 일하고 싶었다. 기자를 해보란다. 매일 글을 썼다. 누군가의 기대에 보답해야 하니까. 그렇지 않으면 그 사람들이 나를 싫어할 테니까. 나오지도 않는 글의 줄거리를 풀어 원고지를 채웠다. 그렇게 6년 동안 펜을 끄적인 후에야 돌아오는 대답. 네 글은 재미가 없어.

어중간한 재능은 무섭다. 어중간한 재능에 목숨 걸고 예술 한번 해보겠다며 글로 짜인 밧줄에 목을 걸었다. 글을 쓴 지 9년이 되던 해가 되어서야 목을 조이던 밧줄은 끊겼다. 문제는 따로 있었다. 사라진 밧줄이 허전했다. 내 몸을 지탱할 곳이 없었다. 익숙함에 길들여졌다. 글을 쓰는 사람이 되어야 한다며 글만 쓰던 나는 글을 잃었다. 9년을 잃었다. 모든 걸 잃었다. 이제 뭘 해야 하지? 물음을 해소할 다른 콩깍지가 필요했다. 성적은 더 내려갈 곳이 없는 상태에 머물렀고, 잘하는 것도 없었다. 그나마 좀 한다는 노래는 오디션 프로그램이 흥행한 후부터 일반적인 실력으로 취급됐다. 세상엔 노래를 잘하는 사람이 너무도 많다는 사실을 자각하게 되면서부터 그렇게 모든 건 뭉개졌다. 나는 할 줄 아는 게 없는 사람이 됐다. 나는 쓸데없는 사람이 됐다. 사람이 잘하는 것 하나쯤은 있다는 말만 믿고 살았다. 전부 거짓이었다. 잘하는 걸 잃었을 때는 어떻게 살아가야 하는지에 대한 해답은 그 누구도 주지 않았다. 돌연 착잡해진다.

그 후론 책을 읽지도 글을 쓰지도 않았다. 책을 보면 글이 쓰고 싶어질 것 같아서였다. 글을 쓰면 재미없다는 비수나 꽂히는데, 굳이 사서 돌을 맞고 싶진 않았다. 그래서 글을 잊었다. 잊어야 했다. 그렇게 살았다. 결과적으론 우스운 금단 현상이 생겼다. 제품의 포장지나 길거리에 적힌 전단지 속 글을 읽고 다녔다. 책에 쓰인 글자를 제외한 모든 글자를 읽었다. 활자 중독. 그런 나에게 김동영이 불을 지핀 것이었다.

"내 글은 재미없어."

"해보지도 않고 어떻게 알아?"

"맘 편하고 긍정적인 건 혼자서나 해."

"내가 또 언제 맘 편한 소리를 했다고 그래."

"해봤으니까 아는 거야."

"글?"

"내 글은 재미가 없어."

다람쥐가 쳇바퀴 돌 듯 같은 말이 반복된다. 트라우마는 생각이 났을 때 고통스러워야 트라우마라고 할 수 있다. 나는 참는 것이 고통스러우니 트라우마라 부르기에도 수치스럽다. 글을 써서 뭘 하는데? 누가 내 글을 읽는데? 글을 어떻게 쓰는 건데? 1인칭?

3인칭? 그게 다 뭐야. 누구의 시점에서 글을 쓰는 거지? 장소의 변화는 어떻게 담아내는 거지? 소설? 수필? 에세이? 그런 게 다 뭐야. 그런 게 다 무슨 소용이야. 내 글은 어디에 포함되는데? 내 글을 장르에 포함시켜주긴 한대?

김동영이 내민 노트북을 닫는다. 시도 때도 없이 심장이 울렁거린다. 약을 찾는다. 곧 종석이한테 전화 오겠네. 약이 몸에 쌓여서 죽는다거나 그런 건 아니겠지? 그렇게도 피해왔던 약을 삼킨다. 목을 훑고 지나가는 알약의 느낌이 생경하다. 병원에 갈 생각을 하니 소름이 돋는다. 약은 괜찮은 것 같은데 병원에 가기가 싫어. 예쁜이가 왔네, 하면서 내 허벅지를 만지고 정신적으로 스트레스를 주는 그 사람이 싫어. 내 스트레스는 다 거기서 오는 건데 스트레스를 받지 말래. 그러면서 약을 줘. 옛날엔 받자마자 버렸는데, 어떻게 알았는지 종석이가 약을 버리지 말라고 협박을 했어. 그 후부턴 외딴곳에 버리려고 주머니에 약을 쑤셔 넣고 다녔어. 그러고 집에 가면 종석이한테 또 전화가 와. 약을 안 먹으면 소문을 내버리겠대.

"뭘?"

"내가 게이라고."

"이미 소문났잖아."

소문이 뭔 줄 아냐? 동영아. 사실일 수도 있고, 사실이 아닐 수도 있다는 거야. 그러니까 소문을 믿는 애들은 이게 사실인지 거짓인지 모르고 그냥 흥미가 있으니까 믿어버리는 거지. 분명 믿지 않는 애들도 있을 거란 말이야. 근데 소문을 키워서 믿는 애들을 늘려버리면 믿지 않았던 애들까지 선동당해. 그럼 또 피해자는 내가 되는 거야. 소수는 항상 다수의 의견에 휩쓸리니까. 그래서 내가 개 같다고 욕하면서도 병원에 가는 거야. 더군다나 지금 같은 경우에는 내빼기 더 그렇잖아. 이미 시끌벅적한 마당에 추가적으로 소문이 붙으면 나는 암묵적으로 진짜 게이가 될 텐데.

"그럼 아니야?"

등골이 오싹했다. 말이 길어지면 꼬리가 잡힌다. 대답할 수 없다. 나는 사실 양성애자야. 너 같은 게이가 아냐. 소문은 게이라고 났지만 난 여자도 좋아하고 남자도 좋아해. 김동영이 알면 실망할 이야기다. 게이라고 먼저 말을 꺼낸 장본인은 난데 이제 와 아니라니. 서로에 대한 신뢰가 겨우 형성되는 시기에 쓸데없는 발언이다.

"근데 너, 오늘은 학원 안 가?"

"시간 좀 보고 살아."

급하게 말을 돌린다. 시침은 1을 가리킨다. 우리가 뭘 했다고 이렇게 시간이 갔지? 그럼 너, 나 때문에 학원도 못 간 거야? 괜히 미안한 마음이 든다. 이러다가 김동영이 전교 1등을 못 하게 되면 죄책감이 커질 것 같아 소파 옆 선반에서 문제집 한 권을 꺼내 내민다.

"나는 잘 거니까 너는 이거 풀어."

"나도 잘 건데."

"안 돼. 너는 그거 풀어. 곧 시험이잖아."

알겠어. 고분고분한 대답을 듣고 익숙한 방으로 들어간다. 만족스럽다. 이런 생활도. 내 말에 복종하는 김동영도. 게이라 소문이 나긴 했지만, 그 누구도 나를 무시하지 않는 학교생활도. 엄마의 건강이나 빌어먹을 아빠를 생각하며 짜증내지 않아도 되는 하루도. 뭐에 취한 것같이 눈을 감는다. 잠을 자면서도 뇌는 돌아간다.

캄캄한 방 안에서 혼자 열심히 무언가를 적고 있는 어린아이. 정수리만 보이는 걸 보니 제3자의 시선으로 보고 있는 것 같다. 조금 더 가까이 보고 싶다 생각하고 있으면 시점이 위쪽에서 바로 옆쪽으로 바뀐다. 익숙하고 안쓰러운 얼굴이 보인다. 안녕, 어린 나. 돌아갈 수 없는 과거를 대신해 어린 나를 만난다. 글을 쓰고 있는 어린 나. 매일 밤 울고 있는 어린 나. 식탁에서 숟가락 젓가락을 놓고 있는 어린 나. 파란 트럭을 타고 집에 돌아가던 어린 나. 그런 나.

나는 어떻게 살아왔으며 어떻게 살고 있나?

질문은 존재하는데 질문에 대한 답이 존재하지 않는다. 나 하나 없어도 잘만 돌아가는 세상에서 고작 먼지 하나 정도의 이물질에 속하는 내가 어떻게 세상에 현존하는가?

나는 고뇌하는 사람. 나는 생각이 많은 사람. 나는 남들과 달라야 하는 사람. 남들과 다르고 싶은 사람. 사회적 지위를 두 손에 거머쥐고 누군가를 조종할 권력을 갈구하는 사람. 그러나 갈망

뿐인 현실을 탓하곤 그 무엇 하나 노력하는 법이 없는 사람. 나는 특별하고 싶은데 왜 특별하지 않지? 왜 특별할 수 없지? 어린 나를 옆에 두고 설교를 시작한다. 어린 나야? 절대 행복해지고 싶다고 생각하지 마. 행복을 위해 노력하지 마. 더 이상 불쌍해지지 마. 내가 되지 마.

잠에서 깬다. 젖은 베개가 축축하다. 핸드폰 홀드를 누른다. 5시 11분. 밝은 화면과 대조되는 창밖 검은 하늘이 아름답다. 불빛이 아른거리는 눈을 깜빡이며 시간을 잰다. 5시 12분. 두 시간은 더 잘 수 있겠다. 돌아눕는 목이 따갑다. 방 문 손잡이를 돌린다. 소파에 앉아 있는 김동영이 보인다. 탁자에 놓인 물 컵을 든다. 미지근한 유리잔이 내키지 않는다.

"너 아직도 안 자고 뭐해?"

"공부하라며?"

"중학교 수학을?"

분권된 책 표지가 어이없다. 중학교 2학년 핵심을 강조하는 교재가 우습다. 깨알같이 숫자가 적힌 종이 위에 빨간 동그라미만 가득하다. 초심으로 돌아가서 기초부터 다지려고?

"이거 풀라고 주고 간 건 너잖아."

내가? 선반에 꽂힌 책이 전부 현시점에 학습하는 교재일 것이라는 안일하고 일차원적인 생각. 가지런히 단원별로 분권된 수학 문제집에 실소를 터트렸다.

"그렇다고 그걸 풀고 있냐?"

탁자 밑에 있는 향초를 꺼낸다. 공부를 할 때는 심리적 요인이 중요하다고. 릴랙스. 알지? 그렇게 말하며 라이터를 켠다. 심지에 불이 붙지 않는다. 연기만 얇게 피어오르다 사라진다. 라이터 불이 심지에 닿지 않는다. 향초가 얼마 남지 않은 탓인가 싶어 향초를 거꾸로 들고 라이터를 켠다. 1초, 2초, 3초. 녹은 촛농이 손가락으로 떨어진다. 흰색 촛농이 검지를 타고 흘러내린다. 앗, 뜨거워! 통증을 자각했을 땐 이미 촛농에 덴 후였다. 빨개진 피부가 따갑다. 언젠가 종석이가 보여준 야동 속 가학 행위가 떠오른다. 개놈들. 사람은 직접 당해보지 않은 일에는 쉽게 공감하지 못한다. 나는 당해봤으니 이제 공감할 수 있다. 촛농으로 사람한테 장난치는 새끼들은 주둥이에 녹은 촛농을 잔뜩 부어야 한다.

"괜찮아?"

"안 괜찮을 건 뭐야? 이런 사람들 많을 걸? 나보다 심하게 다치고 사는 사람도 널렸어."

"왜 다른 사람 얘기를 해. 너 괜찮냐고?"

괜찮지 않다. 따가운 손가락도, 끝내 불이 켜지지 않은 향초도, 바닥에 떨어진 촛농도, 얼마 남지 않은 향초도. 그 무엇 하나 괜찮은 것이 없다. 남들도 이렇게 사는데 뭐. 나는 이 와중에 남들을 걱정한다. 남들이 정말 걱정이 되어서가 아니다. 내 통증을 합리화하기 위해서다. 내 몸 하나 건사하지 못하는 주제에 남과 내 불행을 잰다. 남들은 더 불행하니까 이 정도 아픔은 불행도 아니지. 괜찮지 않아도 괜찮다고 말할 수밖에 없도록 만든다. 매번 괜찮다고 말한다. 괜찮지 않지만 괜찮다. 남들에 비해서는 괜찮다. 아마 괜찮을 거다. 괜찮아야만 한다. 괜찮지 않으면 어쩔 건데? 나는 괜찮지 않은 나를 괜찮게 만들 수 있는 아주 사소한 무언가라도 찾아야 한다. 반드시 괜찮아야 한다. 고작 이런 걸 괜찮지 않다 말하면 정말 괜찮지 않은 현재가 두려워지니까.

손가락에 차가운 기운이 스며든다. 이제 안 아픈데. 김동영의 표정을 보고 그냥 얌전히 있기로 한다. 아픈 건 난데 자기 얼굴이 구겨진다. 나의 괜찮지 않음을 괜찮게 만들어줄 사람이 있다는 사실에 안도한다. 향초를 다시 켜보고 싶다. 녹을 촛농이 무서워 그만둔다. 캔들은 라이터로 켜는 게 아닌가봐.

"무슨 향 좋아해?"

한참 얼음으로 손가락을 찜질해주던 김동영이 묻는다.

"향을 단어로 어떻게 표현해야 해?"

김동영은 한숨을 내쉰다. 그냥 네가 좋아하는 거. 김동영은 남의 의사 묻기를 좋아한다. 내가 좋아하는 거? 잘 모르겠어. 내가 좋아하는 걸 어떻게 말해?

"지금이랑 똑같은 거 괜찮지?"

"뭘?"

김동영은 소셜 커머스에서 향초와 캔들 라이터를 주문한다. 얼마 남지 않은 캔들을 버린다. 새 걸로 주문했으니까 좀 기다려. 내일 모레쯤에 오지 않을까? 캔들 라이터도 샀으니까 이제 라이터로 불붙이지 말고. 라이터는 담배 피울 때만 써. 그렇다고 캔들 라이터로 담배에 불붙이면 안 된다. 위험하니까. 물건은 각자의 용도가 있는 거야. 괜히 이것저것 건드렸다가 다치면 본인 손해잖아.

"그러는 너는 여태 뭘로 향초를 켰는데?"

"라이터."

"동영아?"

"왜?"

"장난하냐?"

어둠이 흐려졌다. 아침이 반갑지 않다. 그렇다고 저녁이 반가운 건 아니다. 학교에 가면 내 이름이 들릴 것이고 집에 돌아오면 김동영이 학원에 가고 없으니 혼자가 될 것이다. 나는 혼자가 좋다. 혼자가 편하다. 혼자인 삶을 살아가며 혼자인 삶을 사랑하는 주제에 외롭다고 말한다. 그렇다고 사랑이 하고 싶은 건 아니다. 마땅히 혼자이면서도 외롭지 않은 삶을 살고 싶다. 괴짜라는 말이 마땅한 사람이라고 생각한다. 나는 괴짜. 모순덩어리인 언행을 제 스스로 믿어 기정사실화하는 나는 이렇게 스스로를 이상한 사람으로 만든다.

더 자려고 했는데 망했어. 이게 다 네가 중학교 수학을 푸는 바람에 웃겨서 잠이 깬 거잖아. 나한테 사과해 김동영. 왜 중학교 수학 문제를 풀었느냐고. 왜 잠도 안 자고 중학교 수학 문제에 몰두를 한 거냐고. 왜 내 말을 다 듣는 거냐고. 왜 멍청한 척하는 거냐고. 나를 좋아하지도 않는 주제에 왜 여지를 주는 거냐고. 게이 김동영. 그래도 네가 게이라서 다행이야. 사람은 희망을 말하는 걸 좋아해. 그래서 나도 희망을 말한다.

"동영아, 너는 왜 나를 안 좋아해?"

"좋아해야 할 이유는 뭐야?"

남들은 나랑 뭐 하나라도 해보겠다고 위아래로 훑고 그러는데 너는 왜 나를 챙겨주면서도 사랑은 아니라고 하는 거야? 왜 너는 나를 사랑하지 않는 거야? 사랑도 아니면서 왜 나를 착각하게 만드는 거야? 착한 사람들은 이래서 문제야. 그래서 내가 착한 사람들을 싫어해.

"그래서 네가 너를 싫어하는구나."

"무슨 소리야?"

원래 착한 애들이 세 보이려고 발악을 해. 괜히 대단한 사람처럼 보이고 싶어 하잖아. 영웅 심리, 그런 것도 있고. 동물들이 적을 만나면 몸집이 커 보이는 착시를 주기 위해 가시나 털을 세우는 것처럼.

"내가 동물 같다는 얘기야?"

"그냥 글이나 써. 현실에서 말하지 못하는 것들. 있잖아. 분명히."

현실에서 말하지 못하는 것이라는 문장에 꽂힌다. 뇌를 거치지 않은 어휘가 닿는다.

"네가 나를 좋아하게 만들고 싶어."

"실수 한 번만 해. 모르는 척해줄 테니까."

그날부터 나는 글을 쓴다. 첫 문장을 필요성 있게 풀어야 한다는 강박이 심해진다. 남들과는 다르면서도 나만 할 수 있는 이야기. 수많은 단어 조합과 마침표 사이에서 문장 하나가 뒹군다.

만약, 이다음에 내 글이 교과서에 실리면, 화자의 마음을 올바르게 표현한 것을 고르시오, 이런 문제로 객관식 1번부터 5번 나열된 문제 같은 거 나오면 있잖아? 나는 소송을 걸 거야. 진짜야. 당신들이 내 의도를 어떻게 아느냐고. 그럼 그 문제는 1번부터 5번 중 뭘 찍어도 전부 정답이 되겠지? 난 그 학교 학생들의 영웅으로 등극할 거고, 착한 작가라고 유명해질 거야. 근데 만약 내가 고소를 했어. 했는데, 고소를 했는데, 그 문제 출제자가 내 도플갱어면 어떡하지? 그래서 내 의도를 전부 알고 있다고 하면 어떡해?

아, 내가 왜 글을 쓰고 싶어 하는지 알겠어? 맨날 이렇게 말도 안 되는 헛소리만 늘어놓으니까 그렇지.

"아무도 모를 걸? 헛소리를 늘어놓으면 글이 된다는 거."

그래서 내가 너한테 글 쓰라고 한 거야. 김동영은 태연하다. 글을 쓴다는 것을 대단하고 대수롭게 생각하는 것은 나쁜이다. 너무 깊게 생각하고 너무 깊게 고민한다. 반복될수록 의도와는 상관없이 심오해진다. 학교나 가자. 오늘은 같이 걸어. 어차피 너도 알고 나도 알고 남들도 다 아는 마당에 내 뒤꽁무니나 따라와봤자 달라지는 건 없다는 거 너도 잘 알잖아.

김동영은 욕실의 불을 켠다. 나는 아무것도 쓰지 않은 새 문서를 저장한다. 파일 이름도 따로 없다. 제목은 1. 글을 쓰기로 다짐한 후 정해진 것은 단 하나. 주인공의 이름은 동영이다.

매일이 똑같이 반복된다. 나는 굉장히 크고 대단한 존재란 배움이 시시해진다. 고작 지구 속 먼지. 동영이가 사준 가방이나 메고 형식적으로 학교와 집을 왕복하는 영양가 없는 생물.

엄마 요즘 뭐해? 보낼 수 없는 문자와 스스로 혼자가 되기를 택하고는 불안감에 약봉지를 꺼내는 나. 병원 안 가냐? 성희롱도 협박 문자도 변한 것 없이 그대로인 삶. 그리고 글을 쓰는 나. 주인공은 동영. 나는 너를 사랑한다. 실화는 바탕이 되어 글로 써지고 이런 난해함은 누구에게도 이해받지 못한다.

같은 생활이 반복됐다. 비디오 다시보기를 돌리는 것처럼 달라지는 것을 찾아보기가 힘들었다. 시험을 앞두고 소문은 사그라든다. 대부분의 책상 위로 쌓인 문제집이 까마득하다. 동영이의 책상도 예외는 아니다. 개연성도 맥락도 없는 체제 속에 살고 있다. 평생 동안을 쌓인 문제집이나 풀고 살다 죽게 생겼다며 한탄하는 소리가 우습다. 나는 공부 안 했어, 라고 말하는 아이들의 눈동자에는 초점이 없다. 그들은 꿈 또한 없다. 꿈도 없으면서 열심히 종잇장을 넘기는 생활이 가소롭다. 그러나 웃을 수는 없다. 동영이의 책상에는 쪽지 하나 넘길 틈이 없다. 너덜너덜한 문제집이 전부다. 맨 앞장에 김동영 이름을 적은, 까만 네임펜이 번진 문제집조차 계속해서 쌓인다. 답이 빼곡하게 적힌 문제집도 버려지는 법이 없다.

내 책상엔 아무것도 쌓이지 않는다. 문제집은 물론이고 지우개 가루 또한 없다. 깨끗한 책상 위에서 고개를 숙이고 핸드폰 메모장에 글을 쓴다. 공부를 하지 않으니 문제집이 올려져 있지 않은 것은 당연하다. 아무것도 없는 책상이긴 하나 학교에서 동영이의 검정 노트북을 켜고 커다란 화면에 글을 쓰느니 혀를 깨물고 죽는 것이 나을 거란 생각에 작은 핸드폰 화면을 들여다본다. 학교에 노트북을 가져와 글을 쓰는 상상을 해보지 않은 것은 아니다. 환한 화면에 내 글을 띄우면 동영이는 그 글을 읽게 될 것이고 주인공의 이름은 동영이며, 그 서사가 본인과 철저하게 똑같다는 사실에 둔한 생각 회로를 돌릴 게 뻔했다. 도출될 결론이 뻔해서 상상을 접었을 뿐이다. 종이와 펜촉의 마찰음만 가득한 교실에 있으니 초조해진다. 더 이상 타인의 입에 오르내리지 않는 상황. 더 이상 비웃음거리가 되지 않는 상황. 더 이상 웃음거리가 되지 않는 지금의 상황이 오히려 숨이 막힌다. 모두가 세상의 이치를 따라 살아가는데 나는 왜 정해진 길을 거기에 맞게 가지 못하는지 모르겠다.

내가 김동영을 사랑하면 안 되는 이유. 결론은 없다. 고로 이 사실을 숨겨야 하는 이유 또한 존재하지 않는다. 다만 나는 사랑을 우선순위에 두기 이전에 내가 어떤 사람이고 어떻게 변화해야 하는지 고뇌하는 게 먼저인 사람이다. 오랫동안 고뇌했다. 결론이 도출되지 않는 고민이 머릿속을 배회했다. 사람 구실을 하지 못하고 있다는 생각. 남들과 같은 길을 걸을 수 없다는 생각. 평범하게 살아가기엔 벌써 너무 많이 돌아왔다는 생각. 직선으로 걷지 못할 것이라는 생각. 꼬리에 꼬리를 무는 뜬금없는 생각들. 괜찮은 사람은 계속 괜찮아야 하는 거 아닐까?

가만히 동영이를 주시한다. 동영이의 인생에 내가 끼어드는 게 민폐일까 생각한다. 어쩌면 그럴 수도 있다. 아니 그게 맞는 것 같다. 누구한테 민폐를 끼치는 게 옳은 건가? 딱딱한 의자에 앉아 한 자세로 고민만 한다. 허리에 끊어질 듯한 통증이 느껴진다. 턱을 괸 손을 내린다. 아픈 신음을 낸다. 노란 포스트잇 하나가 텅 빈 책상 위로 붙는다. 하루 종일 무슨 생각해? 샤프로 쓴 글씨가 흐리다. 펜이 없어 휴대폰 메모장에 적는다. 그냥. 적은 핸드폰을 전해줄 틈이 없어 눈치를 보니 핸드폰을 채간다. 내내 문제를 풀면서도 나를 의식하고 있는 내 짝꿍. 김동영은 액정을 보더니 쥐고 있던 샤프를 내려놓는다. 오른손으로 내 머리를 헝클어트린다. 입술이 달싹거린다. 소리는 나지 않는다. 담배 피우러 갈까? 입 모양을 읽은 나는 고개를 젓는다. 똑같이 입술을 움직인다. 공부나 해.

아들, 왜 연락을 안 해? 때맞춰 울리는 핸드폰 덕에 몇 주에 걸친 고민은 쉽게 결론이 났다. 결정은 끝났다. 민폐를 끼칠 곳은 여기가 아니다. 또 다른 나를 만들고 싶지 않다. 김동영은 김동영이어야 한다. 동영이 것과 똑같은 가방을 들고 쉬는 시간 종이 울리는 학교를 벗어난다.

다시는 걷지 않을 운동장을 가로질러 녹슨 대문을 나간다. 학생! 하고 등 뒤에서 소리치는 경비 아저씨를 피해 골목으로 들어간다. 수업 시작했는데 왜 안 들어와? 미리보기에 띄워진 문자 메시지 창을 읽지도 않고 지운다. 그리고 김동영의 번호를 차단한다.

엄마에게 답장을 남긴다. 엄마, 나한테서 도망가. 문자 전송과 동시에 전화가 울린다. 왜 내 엄마가 된 거야? 왜 책임져야 할 삶을 사는 거야? 왜 이런 삶을 선택한 거야? 왜 벌을 받는 거야?

"엄마."

"미안해."

"나도."

"이런 엄마라서 미안해."

눈물은 나오지 않았다. 엄마도 이런 상황을 예상하고 있었던 것 같았다. 엄마의 짐이 사라졌다. 다행이었다. 어렸던 엄마는 번복할 수 없는 선택이 존재한다는 사실을 몰랐을 거다. 혼자 책임져야 할 선택이 존재한다는 사실을 몰랐을 거다. 엄마의 실수를 이해하기로 했다. 서로를 위해 할 수 있는 최선의 방법이었다.

콘크리트 담벼락에 기대 메모장을 켠다. 사람은 궁지에 몰렸을 때 오히려 생각이 많아지는 법이다. 너무 날 것의 문장은 아니면서 정말 하고 싶었던 말을 적기로 한다. 오늘의 나는 적당히 불행하고, 적당히 행복해 보였기를 바랍니다. 적당히 불행하고, 적당히 행복했으므로.

11장. 증명

나(현경)의 애인이 될 수 있는 남자는 삶의 모든 것이 한번 완전히 타버린 남자, 그래서 백골만 남은 남자, 그 백골이 비와 바람에 씻겨 눈처럼 하얘졌고, 그 백골 속에서 백만 송이 붉은 장미를 피워내는 남자, 그런 남자일 거야.

—현경, 『결국은 아름다움이 우리를 구원할 거야』

길 위에서 몇 주를 배회했다. 김동영의 집에 있을 때부터 납부요금이 한참 밀렸던 핸드폰은 결국은 기약 없이 정지됐다. 공원 화장실 세면대에서 마른 비누로 머리를 감고, 교회 의자에 앉아 기도를 한다. 제발 저를 죽게 해주세요. 늦었지만 번호표를 뽑는다. 죽이기만 하면 되는데 제 소원 먼저 들어주시면 안 되나요? 종교를 부정하던 주제에 번호표를 뽑아서 그런지 교회에는 나를 죽이려는 사람들보다 나를 살리려 애쓰는 사람들이 더 많다. 학생 밥 먹고 갈래? 학교는 안 다니는 거야? 가족은? 돈은? 갈 곳은 있어? 청소년 보호 센터 같은 곳 들어가면 안 되나? 가족관계증명서 같은 것만 가져가면 되지 않을까? 성인이 되기 전까지는 받아줄 텐데. 우선 갈 곳 없으면 목사님께 부탁해서 교회에서 자고. 거기까지 듣고 의자에서 일어난다. 노력했지만 역시 신을 믿을 수는 없었다. 나는 동성애자니까. 갑자기 김동영이 생각난다. 김동영도 분명 나를 사랑했을 텐데. 사실 모르겠다. 나는 더 이상 김동영을 사랑할 수 없으니까.

더운 날씨도 아닌데 몸에 열이 오른다. 정확히는 손끝이 시릴 정도로 바람이 찬 날씨인데도 식은땀을 흘린다. 정처 없이 걷는다. 가벼운 가방이 등 뒤에서 덜렁거린다. 한강 속 시체 대열에 합류할까 생각한다. 민폐를 끼치지 않기 위해 시작한 외로움을 민폐로 끝내기엔 자존심이 상한다. 아무 생각도 없다. 정확히는 생각하고 싶지 않다. 어떤 자리에 있어도 매 순간이 지옥이라면, 몸이라도 편한 곳에서 지옥을 경험하는 게 낫다.

그나마 다행인 건, 내가 힘들다는 감정에 둔한 사람이라는 거다. 무감각하고 긍정적인 사고방식이지만 난 예민하고 부정적이다. 모순덩어리. 버림받지 않기 위해 나를 평가하는 사람들에게 난 놈으로 보이려 애쓰는 조연. 일생을 적어내면 한 편의 드라마가 완성이 되겠지만, 주인공은 내가 아니라는 사실이 아이러니하다. 내 인생의 조연이 나라니. 주연은 언제쯤 등장할까? 어설픈 고민을 한다. 괜찮지 않았던 매일이 괜찮았던 하루로 둔갑한 것은 고통에 둔감해진 생명체의 적응력 때문이라 생각한다. 나는 오늘 어떤 고통에 둔감해졌을까? 공백과 부재를 증명하는 것은 빈자리 하나뿐인데, 빈자리는 무엇으로 채워지고 있을까?

몇 주 만에 한도도 모르는 신용 카드를 꺼낸다. 근처 영화관에 들어가 좌석이 가장 많이 남아 있는 영화를 예매한다. 카드가 정지되지 않은 걸 보니 아직 엄마가 잘 지내는 것 같다고 억측한다. 맨 뒷자리 중앙에 앉아 눅눅한 팝콘을 씹는다. 얼굴도 모르는 인물들이 지나가는 스크린을 초점 없이 바라보며 망상한다.

나는 너를 사랑했다. 그러나 죽이고 싶었다.
마땅히 사랑만 하고 싶었다.
너를 저주하는 내가 원망스러워 거울을 깼다.
부서진 거울 조각을 네 목에 가져다 대는 상상을 했다.
나는 그렇게 너를 사랑했다.
이제는 내가 죽고 싶어졌다.

텅 빈 영화관에서 환하게 켜진 휴대폰 메모장이 채워진다. 영감은 속절없이 지나가는 스크린 앞에서 떠올랐다. 똑똑하고 영리한 자의 위선이 무엇인지를 명확하고 다채롭게 증명해내는 한 인간을 사랑했다. 동영. 주인공의 옆자리엔 어떤 조연이 채워졌을까?

와이파이가 연결되는 곳에 멈춰 선다. 몇 명도 안 되는 인간관계에서 성범이를 찾는다. 성범아. 돌아오는 답장이 성의 없다. 왜? 야자 하고 있니? 왜? 공부는 잘 되니? 왜? 혹시? 왜? 나 누군지 알아? 알아.

나를 기억하는 사람이 있다. 나를 싫어했지만, 답장은 꼬박꼬박 해주는 성범이에게 막연히 고마운 마음이 들었다. 이제 무슨 대화를 해야 하지? 성범아 돈 있니? 오랜만에 연락해서 한다는 말치곤 너무 궁상맞은 것 같았다. 담임 선생님이 나를 찾진 않니? 이제 와서 물어보기엔 답도 없는 질문이었다. 내 자리는 아직 그대로 있니? 대답을 듣기엔 조금 두려운 질문이었다.

동영이는 잘 있어?

한참 동안 답장이 오지 않는다. 성범이는 나보다 김동영이 더 싫은 건가? 생각한다. 그게 아니라면 몇 주 만에 연락을 한 내가 김동영을 찾는다며 소문을 내고 있을 수도 있는 일이다. 영화관에서 나와 지하철역에 들어간다. 여기서 구걸하기엔 너무 외롭겠지 생각하며 벽에 기댄다. 무인민원발급기가 보인다. 교회 아주머니들의 이야기가 생각난다. 청소년 보호 센터라도 가는 게 낫지 않겠니? 보호받길 원하는 것은 아니었다. 다만 할 일 없이 방황하는 학생으로 보였다간 누가 경찰에 신고라도 할 것 같았다. 무인민원발급기 화면에서 가족관계증명서를 누른다. 주민등록증이 필요하단다. 학생증밖에 없어 돌아선다. 가족관계증명서. 단어가 잊혀지지 않는다. 가족. 관계. 증명. 증명될 가족과 관계가 있을까?

사람 소리가 들린다. 바닥을 짚은 손바닥이 차다. 모든 사람이 저마다의 목적을 위해 발걸음을 서두른다. 지하철역 바닥에서 잠들고 일어난다는 게 얼마나 서러운 일인지 새삼스레 깨닫는다. 언제 잠들었는지도 모르게 잠에 들었다. 웃긴 일이다. 침대 위에서도 불면증에 뒤척이던 내가 길바닥에 앉아서 잠을 자는 날이 왔다. 심장의 박동과 가쁜 호흡이 익숙해졌다니. 약을 먹지 않고도 멀쩡하게 살아 있다니. 종석이에게 병원에 오라는 연락을 받지 않는다니. 아무도 나에게 지우개를 던지지 않는다니. 돈을 뺏기지 않는다니. 주말을 기다리지 않는다니. 그 누구도 나를 찾지 않는다니.

역무원에게 가까운 주민 센터를 묻는다. 점점 더 날카로워지는 바람에 교복 재킷의 단추를 잠근다. 길 위를 지나는 사람들의 옷차림이 바뀌었다. 니트와 코트, 후드 티까지 누구 하나 얇은 옷을 걸친 사람이 없었다. 동영이를 사랑했을 땐 초가을이었는데, 동영이를 사랑하지 않으니 겨울이 됐다. 내 사랑은 한 계절을 채 이어가지 못했다. 제과점 유리창 너머로 티비에서 일기 예보를 전한다. 작년보다 조금 이른 추위로 첫눈이 내릴 수 있다는 자막을 읽는다. 일기 예보가 끝나기 무섭게 눈이 떨어지기 시작한다. 첫눈을 함께 맞는 사람과 사랑을 한다던데. 생각하고 행동하고 말하는 모든 게 김동영과 이어진다. 코끝이 시려 발걸음에 속도를 붙인다. 몸이 뜨겁다. 볼도 손도 팔도 다리도 차가운데 몸에선 열이 난다. 차라리 감기가 불치병이었으면 좋겠다는 생각을 한다.

눈을 흙 삼아 덮고 그대로 죽고 싶다. 봄이 되면 그제야 사람들은 나를 발견하겠지. 겨우내 아무도 모르게 길바닥을 오가다 죽은 열여덟 살 고등학생이 있다며 눈이 녹은 후에야 알게 되겠지. 왜 흙은 하늘에서 내리지 않는 걸까? 나는 파고 들어갈 힘조차 없는데.

보도블록이 하얗게 변한다. 머리카락 위에 쌓인 눈을 털어낸다. 당연한 이치대로 눈은 손끝이 닿자마자 녹아내렸다. 택시 승강장 옆에 주저앉는다. 목적지가 없어 승차하지 못하는 대중교통이 애석하다. 사람이 잦아들면 주민 센터에 가야겠다. 가서 가족

관계증명서를 떼고 청소년 쉼터를 찾아갈 거다. 털어낸 머리 위로 다시 눈이 쌓인다. 내가 있는 곳을 제외한 온 세상이 하얗다. 생각이 많아진다. 걱정도 없는데 걱정을 한다. 걱정도 살 만한 사람이나 하는 거다. 내가 앞으로 뭘 해야 하는지, 일어날 일에 어떻게 대처할 건지, 그 외 등등. 포기를 전제하고 움직이는 사람에게 걱정이란 사치다.

콜록 콜록 기침을 하며 주위를 어슬렁거리다보니 이동하는 인파가 줄어든다. 주민 센터까지 쌓인 눈에 발자국을 찍으며 걷는다. 뽀득하게 소리 나는 눈 위를 한 걸음. 신발 밑창 자국이 남는 눈 위를 두 걸음. 염화칼슘에 녹아버린 젖은 눈 위를 세 걸음. 하염없는 기다림. 전봇대에 붙은 전단지. 차 밑에 웅크린 고양이. 이질적인 환경. 맑은 하늘. 찬바람. 뜨거운 몸. 기다림. 결말. 주머니를 뒤진다. 오백 원 하나가 나온다. 주민 센터의 회색 계단에 앉는다. 엉덩이가 차다. 굳게 닫힌 문을 바라본다. 기다린다. 바라본다. 기다린다. 바라본다. 열린다. 목적지가 생긴 게 얼마 만인지. 사람과 이야기를 해본 것이 얼마 만인지. 가족관계증명서를 떼러 왔는데요. 나에게 이 말이 얼마나 어울리지 않는지. 종이 한 장을 들고 정처 없는 순환이 다시 시작된다.

부와 모. 그리고 자녀. 어디에 있는지도 모르는 첫 번째 아빠. 아직도 나에게 미안해하고 있을 엄마. 그리고 나. 내 부재를 즐기고 있을 성범이. 어쩌면 나를 찾고 있을지도 모르는 종석이. 나를 기다리고 있을 의사 선생님. 그리고,

"뭐 하고 다니냐?"

다음이 정해지지 않은 인생은 항상 그렇다. 닿지 않으면 양호한 것들과 닿아서 기어코 피를 본다. 매번 뜻하지 않게 구석진 진실을 마주한다.

"집에 가는 중인데?"

"왜?"

애써 태연한 척한다. 왜 이렇게 말랐어? 왜 그런 표정을 하고 있어? 보고 싶었어. 전할 수 없는 이야기를 품고 혼연하게 눈을 마주한다. 들고 있는 종이 끝을 손톱으로 접는다. 집에 가야 하니까. 김동영의 얼굴이 굳는다. 네 집이 어딘데? 그 말이 둔탁하다. 욕도 아닌 것이 심기를 건든다. 내 집을 네가 알아서 뭐 할 건데?

"어디서 지냈어?"

"집에 간다고 했잖아. 집이 아니면 어디겠니?"

"집에 없던데?"

"당연하지. 거긴 내 집이 아니니까."

"그럼, 거기가 누구 집인데?"

"네 집이지."

김동영의 말을 이해할 수 없었다. 이해할 수 없어서 이해할 수 없는 대답을 한다. 웃기다. 김동영은 이해했다. 이해할 수 없는 질문을 하는 김동영은 이해하지 못한 질문에 답하는 내 대답을 이해했고, 질문을 이해하지 못해 이해되지 않은 대답을 하는 나는 어떠한 것도 이해하지 못했다.

"네 집에 갔었어."

"내 집?"

"아버지를 만났어."

"어딜 갔는데?"

"너를 찾고 계셔."

누가? 왜? 나를? 찾아? 아니, 그게 문제가 아냐. 어떤 아버지를 찾아간 거야? 동영아. 내가 출생의 비밀을 말 안 했었나? 아니 이건 출생의 비밀이 아니지. 들고 있는 종이를 김동영의 눈앞에 들이민다. 이 사람? 미안하지만 이 사람은 지금 죽었는지 살았는지도 몰라. 내 아빠가 아니거든. 살아 계시니? 재혼은 하셨고? 사실 안 궁금하니까 그냥 대답하지 마. 어떻게 알고 찾아갔어? 아냐. 얘기하지 마. 내가 어디 있다고 말하지도 마. 나를 만났다는 걸 입 밖에 꺼내지 마. 그냥 우리 모르는 척하자. 잘 지내고 잘생긴 놈 만나서 연애도 잘하고 그래. 끝. 말 걸지 마. 안녕 동영아.

무너질 것 같은 표정을 하고 나타난 김동영을 보고 슬픈 표정을 짓는 나. 무너질 것 같은 표정을 한 나를 지켜보며 아무렇지 않은 듯 말을 잇는 김동영. 두 번 다시 사람을 믿지 않겠다던 바람은 여전히 지켜지지 못했다.

“그 아저씨가 널 찾고 계셔.”

“미안한데 정말 이해가 안 돼.”

“어머니가 사라지셨어.”

“다시 말해봐.”

“그 아저씨가 카드를 안 끊으신 이유. 너를 찾으려고 그런 거야.”

떨어진다. 쿵, 하고. 그러니까 말 그대로 뭔가 쿵. 누가 누구를 찾아? 아저씨가 나를? 그러니까 그 이유가 우리 엄마가 사라져서라고? 엄마가 사라졌는데 나를 왜 찾아? 나랑 같이 있는 줄 아나 보지? 엄마가 사라졌다니? 도망갔나봐. 현실이 개 같아서 도망쳤나봐. 이걸 다행이라고 해야 하는 상황이야? 동영아 묻잖아. 대답 좀 해봐. 대답 좀 해줘. 제발 부탁이야. 그래서 우리 엄마는 어디 있는지 알아? 엄마가 날 찾고 있는 건 아니겠지? 잘 지내고 있을 거라 생각했는데 왜 나온 거래? 너 거기는 어떻게 알고 찾아갔어? 그게 문제가 아니지.

"그럼 이제 나는 어떡해?"

"그걸 왜 나한테 물어?"

"해결책을 제시해주려고 날 찾아온 거 아냐?"

어느 것 하나 이해할 수 있는 게 없었다. 왜 굳이 나를 찾아와서 그런 말을 하는 거야? 뭘 어쩌겠다고 날 찾아온 거야. 그래서 나는 이제 어떻게 해야 하는 거지? 살기 위해 도망간 엄마를 탓할 수는 없는 일이었다. 오히려 내가 원하는 대로 됐으니 응원을 해야 하는 상황이었다. 살 수 있는 사람은 살아야 하는 게 맞는 거니까. 어디서든. 어떻게 해서든.

"구원이지. 구원하러 왔어."

구원 좋아하시네. 제발 말 같지 않은 소리 좀 하지 마. 동영아. 아무리 네가 기독교 집안이래도 넌 게이고, 가족들한테 버려진 건 나랑 똑같은 상황에서 누가 누굴 구원해? 온몸이 경직됐다. 그러면서도 눈에 띄게 떨렸다. 내 의지대로 날 조종할 수 없었다. 내 의지와 함께하지 않았다. 터질 듯 꽉 쥔 주먹이 아파왔다. 입술을 물었다. 우는 소리를 내지 않으려 할 수 있는 발악을 모두

동원했다. 김동영은 의연했다. 나처럼 울지도 않았고, 화를 내지도 않았고, 우울해하지도 않았다. 아주 남처럼 행동했다. 아무 사이도 아닌 것처럼 굴었다.

"거절 못 하잖아."

따뜻한 손이 볼에 닿았다 떨어졌다. 김동영은 이걸 구원이라 말했다. 어쩌면 맞는 것 같았다. 천국으로 인도하는 구원의 손길. 죽으라는 사주에는 내가 널 구원하리라 라는 문장이 묶여 있었다.

"갈 곳 없잖아. 금전적으로도 부족하잖아. 모든 게 불안정하잖아."

"놀리러 왔니?"

"집에 가자."

사라진 엄마와 그 소식에 당황하는 내 모습을 보면서 집에 가자고 말하는 김동영. 확실히 구원은 구원이다. 언제까지 구원이 지속될 진 모르겠지만 매번 살 길을 찾아주니 신보다 나은 것도 같았다. 꼴이 우습다. 김동영에게 묻고 싶었다. 왜? 내가 불쌍해서? 내가 안쓰러워서? 내가 같은 게이라서?

"동영아."

"왜?"

"너 나 좋아하지?"

"사랑하는 거지."

그래. 그럴 줄 알았어. 네가 날 사랑할 줄 알았어. 네가 날 사랑하게 될 줄 알았어. 다행이지. 내가 좋아했던 사람이 나를 사랑한다니. 근데 이 말은 과거형이잖아. 무슨 뜻인지 아니? 그러니까 동영아.

"너무 늦었네."

사랑은 타이밍이잖아. 이런 거지같은 꼴로 누가 누굴 사랑해? 일단 살고 나서 사랑을 해야지. 사랑이 밥 먹여주니? 물론 네가 밥을 먹게 해주긴 하겠지. 사랑이 잠을 재워주니? 물론 네가 잘

곳을 마련해주긴 하겠지. 근데 그거 네 거 아니잖아. 네 부모님 소유지. 그 개 같은 교복 벗어던지면 그땐 강제 출가하게 되는 걸지도 모르는 일이니까. 경제적 독립이라든가. 호적이 파인다든가.

우리 엄마는 '사' 자 들어가는 직업을 가진 사람을 만나라고 했어. 나한테 그런 직업을 가진 사람이 되라고 한 게 아니라 그런 직업을 가진 사람을 만나라고 했어. 의사, 변호사, 검사, 교사 뭐 그런 거. 그러면서 자기는 술 취해서 가정 폭력이나 행사하는 사람을 만난다? 이상하지? 근데 이건 우리 엄마 잘못이 아냐. 세상에 제대로 된 놈이 없는 것일 뿐이잖아. 엄마가 불쌍해. 하여튼 나는 의사를 만날 거야. 정신과 의사. 너는 어리고 예쁜데 하면서 성희롱이나 하는 사람 말고. 사람 품평하려고 의사 자리에 앉은 사람 말고. 나를 제발, 정말로 구원해줄 사람. 그러니까 현재나 미래나 넌 어쨌거나 아냐. 설령 네가 의사가 된다고 해도 넌 아니야. 네가 의사를 하면 의사 뒤에 붙은 '사' 자가 '죽을 사'가 될 것 같아. 사람 앞에서 권력 잡고 쥐락펴락하는 거 네 전문이잖아. 생각해보니까 너도 종석이랑 다를 게 없더라고. 나랑 비슷하다고 생각했는데 아니었던 거지. 적어도 넌 약자의 편에 서는 사람은 아니니까. 넌, 사람 살리는 게 아니라 죽이는 게 더 어울리는 사람이니까.

"동영아. 구원이니 뭐니 착한 척하지 말고 그냥 꺼져."

구원이라며 나타난 신을 두고 매몰차게 뒤돌아서야 하는 현실에 구역질이 났다. 살아야지. 살면 좋겠지. 근데 살만 해야 사는 게 행복한 거야. 내가 안면 튼 지 일 년도 안 된 너한테 빌붙어 살면 과연 행복할까? 네가 날 언제 버릴 줄 알고? 나는 희망 속에서 살기 싫어. 희망이 커질수록 실망도 커지니까. 그래서 난 네가 싫어. 매번 희망을 들고 찾아오는 게 꼴 보기 싫어. 나를 내버려둬.

"맘에도 없는 소리 하지 마. 사랑한다고 말했잖아. 네가 원하는 거였잖아."

"이게 무슨 사랑이야?"

"나한테까지 버림받을까봐 무서운 거 알아. 나 좋다고 혼자 찔러볼 땐 언제고 막상 내가 좋아한다고 인정하니까 무서운 거 아냐?"

손가락이 빨갛게 변한다. 동상에 걸린대도 이상하지 않을 기온에 눈까지 시리다. 아플 정도로 부어오른 손끝이 무색하게 우린 허수아비처럼 자리를 지킨다. 먼저 인정하는 쪽이 지는 일이라는 걸 알면서도 나는 고개를 끄덕인다. 인정이란 걸 이렇게 쉽게 할 수 있는 인간이 되기까지 꽤 오랜 시간이 걸린 것 같다는 생각을 한다. 과거의 나였다면 맞는 말도 아니라고 부정했을 테지만, 고개를 끄덕이며 그래. 맞아, 라고 대답한다. 내가 변한 것이 아니라 김동영 앞이라 변한 모습을 연기하는 것일지도 모른다. 속을 쓸어내린다. 다행이다. 김동영이 나를 잘 파악하고 있어서. 버림받는 걸 두려워하는 나를 이해해주는 사람이 생겼다. 버림받을 일이 줄었다는 말과 같다. 걱정은 걱정을 부르고 일어나지 않는 걱정 속에서 언제나 해결이 되고 결말은 존재한다.

"내 사랑은 그래. 내가 하는 사랑은 이런 거야."

김동영은 이게 자신의 사랑이라 말했다. 이런 게 사랑이라 말했다. 김동영의 팔이 목을 감아왔다. 처음으로 서로를 끌어안았다. 오랜만에 느낀 따뜻함이었다. 내가 보고 싶어지면 돌아와. 그 말을 끝으로 김동영이 돌아섰다. 나와 함께 가자 말하지 않고, 나를 억지로 끌지 않고, 그저 혼자. 사랑한다는 사람을 내버려두고 혼자 돌아선다. 그제야 깨닫는다. 소유욕은 사랑이 아니라 그저 집착이었다. 내 모습을 엄마의 모습에 겹쳐본다. 엄마가 했던 사랑. 내가 엄마에게 원했던 사랑. 서로를 소유하길 바랐던 사랑.

“같이 가자.”

“그렇게 말할 줄 알았어.”

“오늘을 후회하게 될 거야.”

“이미 그래.”

웃는 얼굴로 서로를 마주 보는 동안의 침묵과 정적이 좋다. 이따금 나는 소란이 두렵다.

“나한테 잘해.”

“못한 적 없잖아.”

“사랑이지?”

“맞아.”

집착하여 소유하려는 것의 전제는 늘 사랑. 우리는 그걸 가짜 사랑이라 불렀다. 가짜 사랑. 가족관계증명서를 찢는다. 잠깐이나마 함께였던 가족이란 명분을 지운다. 집착하지 않고 소유하지 않는 사랑. 어쩌면 작별이라 부른다. 함께 살아가다 혼자 돌아가는 사랑. 그것은 집착이 아닌 작별을 전제로 한 사랑이다.

나는 나의 사랑을 하고, 너는 너의 사랑을 하고, 당신은 당신의 사랑을 해야지. 우리는 그렇게 사랑하고. 그렇게 살아가야지. 사랑의 한계는 어디에서든 존재하니까. 사랑을 구원이라 부르던 세상을 멸시한다. 어느 곳에서도 분명 구원은 존재한다. 구원의 다른 말. 사랑이라 부른다. 나는 나를 위해 살아야지. 원망이란 단어를 흘려보낸다.

익숙한 풍경에 몸이 풀린다. 냉기가 흐르는 대리석 바닥에 앉는다. 러그를 놔두고 굳이 대리석을 택한다. 동영아, 지하철역 바닥보다 네 집 대리석이 더 차가워. 엉덩이로 찬 공기가 스며든다. 차갑지만 따뜻하다. 사람이 주는 온기를 느낀다. 그러다 문득 궁금해진다.

"너는 내가 여자였으면 어쩔 뻔했어?"

"그러게."

"나는 네가 여자였어도 상관없는데."

"그렇겠지."

한번 떠본 말에 당연하다는 듯한 김동영의 대답이 돌아온다. 심장이 요동친다. 김동영은 똑똑하다. 모르는 게 없다. 아마 다 알고 있는 것 같다.

"미안."

"뭐가?"

"내가 양성애자라서."

"그걸 왜 나한테 사과해?"

사실 네가 오렌지 주스 줬던 날 엄청 찔렸어. 왜? 섞이는 거 안 좋아한다고 했잖아. 김동영이 웃는다. 나는 진심인데 진지한데 혼자 박장대소를 한다. 한참을 웃다가 말한다. 괜찮아. 이제 나를 제외한 다른 사람들한테 사과해. 남자친구가 생겨서 당신들과는 만나줄 수 없습니다. 죄송합니다, 하고.

"진짜 토 나온다."

"알아. 장난친 거야."

"학교에서는 나 안 찾아?"

"당연히 찾지."

"누가?"

"내가."

"너 진짜 왜 그러냐?"

삼류 드라마 속 남자 주인공이 할 대사 같은 걸 반복하는 김동영이 짜증난다. 온몸에 소름이 돋다 못해 먹은 것도 없는데 위액이 역류하는 느낌이다. 더 이상 듣고 있을 용기가 없어 말을 돌린다.

"못 본 새에 왜 이렇게 말랐어?"

"거울이나 좀 보고 얘기해."

속상한 말투로 김동영의 얼굴을 만진다. 그런 내 손 위에 제 손을 얹는다. 맞닿은 손이 뜨겁다. 또 걱정되는 거 말해봐. 걱정 되는 거? 김동영의 말에 골똘해진다.

"그 아저씨가 나 신고하면 어떡해?"

"무슨 명목으로?"

"횡령?"

"그럴 일 없어."

김동영의 말에 사실 확인도 없이 안도한다. 언제부터 우리가 이런 감정을 갖기 시작했는지, 김동영은 이제 내 남자친구가 된 것인지, 문득 생각에 잠긴다. 사랑한다 말했지만 사귀자 말하지 않았다. 함께 가자 말했지만, 영원이라는 전제는 붙지 않았다. 해답은 없다.

“황종석 알아?”

일순간 표정이 굳는다. 의식하려 했던 건 아닌데 저절로 미간이 찌푸려진다. 심장이 뛴다. 머리가 어지럽다. 왜 김동영이?

“네가 종석이를 어떻게 알아?”

“학교로 찾아왔던데.”

“왜?”

“이 반에 게이 새끼 어디 갔냐고 묻더라.”

덤덤한 목소리가 두렵다. 종석이가 학교를 어떻게 알고 찾아왔을까? 아니, 주변 사람들을 통해 들었다고 하자. 나를 왜 찾아왔을까? 병원에 안 가서? 내가 게이라는 걸 소문내려고? 나를 왕따시키려고? 내가 뭘 그렇게 잘못했지? 연락을 안 받은 죄? 하지만 내 핸드폰은 정지됐는걸. 내가 병원에 가지 않은 죄? 그렇지만 난 병원에 갈 돈도 없는걸. 대체 왜?

“그래서 어떻게 했어?”

“게이 새끼 왜 찾냐고 물어봤어.”

“그랬더니?”

“할 말이 있대.”

할 말이 있다고? 궁금하지만 차마 물어볼 수 없었다. 아, 그렇구나. 대답하고 자리에서 일어났다. 앉은 자리가 미지근해졌다. 온기가 퍼지니 이제야 사람 사는 집 같았다. 그나저나 졸업하면 동영이는 어떻게 되려나? 지옥 같은 내 처지에 김동영을 걱정한다. 관심을 넘어선 오지랖이다.

“너도 나 좋아하냐고,”

“응?”

“물어봤더니, 너도 게이냐? 하는 거야.”

“무슨 소리야?”

“그래서 맞다고 했어.”

도무지 이해할 수 없는 말이었다. 그러니까 김동영이 나를 찾아온 종석이에게 너도 날 좋아하냐, 물었다는 이야기. 그런 김동영에게 너도 게이냐, 물은 종석이와 맞다고 대답했다는 동영이의 이야기.

“왜?”

“어차피 소문 다 났는데.”

소문은 소문일 뿐이라고 그렇게 말했는데. 진짜 웃기다. 성범이가 뿌린 작은 씨앗이 새싹이 됐고 나무가 됐고 열매가 됐고, 이내 퍼졌다. 정확한 가해자와 정확한 피해자. 그럼에도 당당한 김동영. 그럼에도 당당한 피해자. 인정 안 했으면 그냥 해프닝으로 넘어갔을 일이다.

“네가 자초한 일이잖아.”

"내가?"

"조성범한테 내 안부를 물은 건 너잖아."

답장이 오지 않은 문자가 머릿속에 스쳐 지나간다. 우려했던 일이 딱 맞았다. 성범이가 또 소문을 팔았구나. 내가 네 안부 묻는다고. 실소가 터진다. 걱정하는 일은 대부분 일어나지 않는다더니 나는 예언가였던가? 말하는 족족 이루어진다.

"소문은 원래 과장되는 법이잖아."

"사귀댔어?"

"헤어졌댔어."

헤어졌다고 소문났더라. 그 말이 즐거웠다. 그 소문이 즐거웠다. 김동영과 헤어졌다는 소문이 달가웠다는 게 아니라, 내가 존재하지 않는 곳에서 누군가가 나를 기억해준다는 사실이 기뻤다. 물론 현장에 있던 김동영은 심적으로든 뭐든 피해를 입었겠지만, 우리가 지금 같은 공간에 있다는 것은 사실이니까.

"종석이는 어떻게 됐어?"

"약을 주고 갔어."

"약?"

"어린 애들은 관심이 있으면 괴롭히면서 표현한다잖아."

"약은 어디 있어?"

약에 의존하며 살진 않았지만 단기간에 겹친 여러 사건과 심리적 압박으로 심장 박동이 빨라지고 호흡이 가빠지는 현상이 자주 반복됐다. 지금 나는 그 작은 알맹이가 필요했다. 우습게도 그 약이 필요했다. 의사 선생님이 그러니까 종석이의 아빠가 나를 성희롱하는 것은 둘째 치고 나는 그 성희롱을 감당하고 약을 구하러 그곳에 갈 돈조차 없었다. 살고 싶으나 죽고 싶었다. 죽고 싶었으나 살고 싶었다. 죽어야 했으나 살아야 했다. 살아야 했으나 죽어야 했고.

"버렸어."

"왜?"

"그냥."

나 약 필요한데. 말끝을 늘렸다. 갈수록 심해지는 것 같아. 세상에서 내가 제일 불행한 것 같다는 생각. 죽는 것도 나쁘지 않을 것 같다는 생각. 내가 해결할 수 없는 일들과 해결하지 못해 막막한 앞으로의 시간. 그게 사람을 참 미치게 한다. 밤마다 돌겠어. 아니, 밤마다 그런 게 아니야. 요즘엔 낮에도 그래. 세상에 나 혼자 남은 기분이야. 혼자가 맞긴 하지. 여태까지 그랬고 앞으로도 그러겠지만. 그래서 난 이제 어떻게 하느냐고. 물론 지금은 너랑 이렇게 있지만, 언제까지나 이러고 살 수는 없잖아. 나도 일을 하고 돈을 벌고 사람다운 생활을 해야 할 거 아냐. 글을 썼어. 동영아. 핸드폰 메모장에. 생각이 날 때마다 문장을 모았어.

갈 데도 없고 할 일도 없으니까 서점에 가서 다른 사람들이 쓴 책도 읽고 그랬어. 집필하는 법이라던가 글을 잘 쓰는 방법 같은 거. 조사를 쓰래. 조사가 없으면 글이 아니래. 근데 내가 뭐. 연필을 잡았다, 라는 문장을. 어? 연필 잡았다, 라고 쓴다고 해서 이해가 안 돼? 아니잖아. 내가 보기에 사람들은 너무 틀에 박혀 있어. 지들은 별 듣도 보도 못한 욕을 만들어서 써대면서 조사를 빠트리는 건 세종대왕님 피눈물 나게 하는 짓이래. 그 글을 읽고 내가 메모장에 써둔 걸 봤는데 내 글에는 조사가 하나도 없어. 나를 응원해줄 줄 알았는데 내가 잘못됐대. 네가 그랬잖아. 글을 써보라고. 나는 그 말을 듣고 내가 글에 재능이 있는 줄 알았지. 모두가 나한테 글을 쓰라고 하니까. 근데 아니었던 거야. 내 글은 세종대왕님 눈에 피눈물 나게 하는 글이야. 다른 해결책을 제시해줘. 내가 잘 할 것 같은 거 말고. 내가 할 수 있는 걸 말해줘.

김동영은 대답하지 않는다. 한참 동안 침묵이 맴돈다. 이내 김동영의 입술이 벌어진다. 근데 있잖아,

“걔가 너한테 약을 왜 갖다 줬는지 알아?”

“그러게.”

그러게 말이야. 종석이가 왜 나한테 약을 주러 왔을까? 너, 걔 좋아해? 아니. 그럼 걔가 너 좋아해? 아니, 싫어할 걸. 그럼 됐어.

“이상한 약 가져왔을 확률 백 퍼센트네.”

김동영은 자신이 약을 버린 이유를 합리화한다. 그리고 나에게

합리화시킨다. 종석이는 나를 싫어하니 이상한 약을 가져다 먹이려고 찾아왔을 거라 말한다. 있을 수 없는 일은 아니다. 충분히 그럴 수 있다. 나는 종석이의 연락을 받고도 병원에 가지 않았고, 그 후로는 연락조차 받지 않았으니까. 정확히는 휴대폰이 정지돼서 받지 못한 게 맞지만.

"나 의사 할 거야."

"갑자기?"

"정신과 의사."

정신과 의사. 달가운 말은 아니다. 나는 의사를 혐오한다. 더군다나 나에겐 고정관념까지 존재한다. 고정관념은 바뀌지 않는다. 앞으로도 바뀌지 않을 것 같다. 김동영이 의사가 된다면 '죽을 사'의 한자를 쓰는 직업의 의사가 될 것이라는 생각도 그렇다.

"그래. 넌 똑똑하니까 하고 싶은 거 다 해."

생각과는 반대로 말이 나간다. 몇 달 전까지만 해도, 하고 싶은 것이 없다고 말했던 김동영이 하고 싶은 게 생겼다고 하니까. 더

군다나 내가 물어보기도 전에 제 꿈을 말해줬으니까. 나는 김동영을 응원한다. 김동영이 나를 응원했던 것처럼. 우린 이제 그래도 되니까.

"왜 하필 정신과 의사인지 안 물어봐?"

"왜 정신과 의사야?"

"내가 너 살려줄게."

못 본 사이에 사람이 변한 것 같았다. 나 없는 동안 연애를 했나? 아니면 로맨스 소설이나 로맨스 드라마에 빠졌나? 그것도 아니면 어디가 아픈가? 사람이 안 하던 짓 하면 죽는다는 말이 떠오른다.

"정신과 의사가 무슨 수로 사람을 살려?"

"넌 나 있으면 살아."

"못 본 새에 자신감이 엄청 생겼네."

"나도 너 있어야 살아."

"그런 멘트는 공부한 거야?"

도저히 들어줄 수가 없어서 공부한 거냐고 돌려 말했다. 왠지 김동영이라면 정말 연애를 글로 배웠을 수도 있을 것 같아서였다. 근데 한 가지 분명한 건, 김동영은 연애를 많이 해봤다는 사실이다. 게이라고 소문이 났던 것만 봐도 그렇다. 전 애인들이 이런 걸 좋아했나?

"표현하는 거야."

이렇게 안 하면 너 혼자 또 사랑이 거짓말이니 삽질이니 하면서 우울해져 있을까봐.

오해를 푸는 방식은 모두가 다르다. 나는 모순을 사랑해서 혼자 하는 오해와 우울의 시간조차도 사랑한다. 우울이 없으면 죽어가는 느낌. 다가올 우울을 대비해서 미리 우울함을 지속하는 것. 그렇게 살아왔고 그게 익숙하니까. 익숙한 것을 쫓아가는 건 누구나 같으니까.

바지 주머니에서 신용 카드를 꺼낸다. 부엌에서 가위를 찾는다. 카드를 자른다. 나를 알고 있던 사람들, 내가 알고 있던 사람들과 단절한다. 철저히 혼자가 된다. 안정적인 생활을 위해서는 나에게 득이 되지 않는 관계를 정리하는 것이 첫 번째다. 내 세상에는 단둘. 나와 김동영만이 존재한다.

드레스 룸 서랍장에서 동영이의 옷을 꺼내 들고 샤워실로 들어간다. 공중 화장실에서 머리를 감았던 지난날을 회상한다. 찬 공기에 딱딱하게 굳어버린 머리를 매만지던 날을 떠올린다. 따뜻한 물을 한참 동안 맞고 서 있는다. 나는 아직도 살아 있다.

오랜만에 검정 노트북을 켠다. 제목을 정하지 못한 파일까지 그대로다. 핸드폰을 충전기에 꽂곤 메모장에 적어둔 글을 옮겨 적는다.

동영. 사랑을 다르게 발음한다.

본격적으로 글을 쓰기 시작한다. 배경이나 등장인물의 성격 같은 건 정하지 않는다. 그저 내 마음이 가는 대로 손을 움직인다. 진행되지 않는다. 매번 3,000자 이내의 짧은 글로 끝나고야 만다. 뒷이야기가 이어지지 않는다. 망연자실이라는 감정도 사치다. 제대로 되는 것이 없다. 집에서 혼자 노트북을 두들기는 나. 정신과 의사가 되겠다는 말이 진심이었는지 독서실에서 사는 김동영.

사랑. 동영을 다르게 발음했다.

사랑에게서 해방된다. 조용한 소란에 애정이란 이름을 붙인다. 엄마로 시작해 잘 지내지? 라는 물음표로 끝난 메일은 수신 확인이 된 채 어딘가에 묻혔다.

4월 1일.

고등학교를 지나

김동영의 대학 생활과 군대를 지나

각자의 연애와 사랑 또 이별을 지나

마침내 도착한 오늘

4월 1일.

4,000자 그 어디쯤에서 맴돌던 텍스트가 8,600자를 넘어선 날.

전화를 든다.

동영아, 일 언제 끝나?

문자에는 답장이 없다.

12장. 종석

하늘이 이 세상을 내일 적에 그가 가장 귀해 하고 사랑하는 것들은 모두 가난하고 외롭고 높고 쓸쓸하니 그리고 언제나 넘치는 사랑과 슬픔 속에 살도록 만드신 것이다 초생달과 바구지꽃과 짝새와 당나귀가 그러하듯이 그리고 또 프랑시스 쨈과 도연명과 라이넬 마리아 릴케가 그러하듯이

-백석, 「흰 바람벽이 있어」

고등학교 졸업식 날을 회상한다. 졸업식을 찾아온 건 엄마도, 친아빠도, 둘째 아빠도, 셋째 아빠도 아니었다. 나는 고등학교 졸업식의 주인공이 아니었기 때문이다. 나, 이제 학교 안 다닐 거야. 김동영은 이유는 있지만, 타당성은 없는 주장을 지지했다.

웬일로 반갑게 얼굴을 마주한다 싶더니 보랏빛 입술이 움직인다. 왜 연락 안 받아 씨발아. 그렇게 말하는 입술과 손에 들린 꽃이 절묘하다. 흰 국화가 손에 닿는다. 졸업식에서 뒈지고 싶니? 그렇게 말하는 종석이에게 꽃 고마워. 대답하고 등을 돌린다. 졸업식에서 뒈지고 싶냐니 멍청하고 유치한 발언이다. 패딩으로 서열 정하는 중학교 때라면 바들바들 떨며 종석아 햄버거 사줄

까? 하고 꾸깃한 오천 원 상납이나 했겠지만.

"니 새끼 이제 소문 다 나니까 무서운 게 없지?"

"종석아."

"게이 새끼 불쌍해서 좀 봐줬더니."

"봐준 건 나지."

종석이의 미간이 찌푸려진다. 누가 누굴 봐줘? 종석이는 그렇다. 본인과 다르면 다 이상한 줄 안다. 게이. 사회적으로 매장당해야 하는 최하위층. 여자를 좋아하는 본인은 아주 고귀하고 대단한 사람이라고 생각하는 것 같다.

"게이도 아닌 게 왜 까불어?"

동영이었다.

저도 모르게 귀를 기울이던 구경꾼들의 호흡 소리가 멈췄다. 김동영이 게이라는 게 진짜였나 보네. 강당을 채우는 목소리가 울렸다. 종석이의 얼굴에 피가 돌았다. 우리나라 게이 존나 많네. 그렇게 말하곤 내 손에 들린 흰 국화를 뺏었다. 국화는 땅으로 떨어졌다. 하얀 꽃잎이 신발 밑창에 밟혀 까맣게 물들었다. 강자에게 약한 면모는 변한 것이 없었다. 지켜보던 성범이도 그렇고 소문을 들고 나르던 애들의 표정이 불만했다. 진짜일 리 몰랐겠지. 확신하진 않았겠지. 현실을 직면한 그들은 원하던 이야기에도 웃지 못했다. 상대는 김동영. 즐거워하되, 즐기지 않는다.

각자의 위치에서 각자의 사랑을 하며 살아가는 모두를 응원합니다. 해야 하는 사랑 말고, 하고 싶은 사랑을 하며 살길 간절히 바라겠습니다. 게이 학생회장 김동영의 마지막 연설에 박수 소리가 한참을 울렸다. 같이 박수 쳤다. 애인도 아닌 주제에 위기 때마다 나를 구한다. 사랑을 인정했으나 어떠한 관계는 아닌 사람. 나와 김동영의 정의였다. 박수 치던 손을 내리고 급히 교문으로 뛰었다.

"생화로 주세요."

얼마 전 김동영의 돼지저금통을 털었다. 배가 벌렁 까진 빨간 돼지를 보며 사고 싶은 게 있으면 말을 하지 돼지 배를 갈랐냐는 김동영의 말에 돼지도 배가 무거울까봐, 하는 말도 안 되는 소리로 넘긴 적이 있었다. 빨간 돼지 속 자본은 김동영이 삥 뜯어 모은 짤짤이였지만 긍정적으로 생각하기로 했다. 모두가 김동영의 졸업 꽃다발을 위해 모아준 돈이라며.

꽃잎 하나라도 떨어질까 조심히 바쁜 걸음을 옮겼다. 자녀를 축하해주기 위해 모인 여러 하객들이 엉켜 끼어들 틈 하나 없던 순간에도 김동영은 내 근처에 있었다.

“꽃 사려고 돼지 배 쨌냐?”

“졸업 축하해. 동영아.”

“너도.”

“입학도 축하해.”

“아직이야.”

“미리 축하하는 거야.”

정신과 의사가 되겠다는 김동영은 본격적으로 움직이기 시작했다. 대학에 입학한 후 애인을 사귀거나 미팅에 나가기도 했다. 자신은 플라토닉 러브를 한다는 전제하에 만남을 시작했고 김동영의 얼굴만 보고 달려든 사람들은 쉽게 포기했다. 플라토닉 좋아하시네. 그렇게 마음에도 없으면서 사람 만나고 다니니까 욕을 먹는 거야. 사람 정신 피폐하게 만드는 새끼가 무슨 정신과 의사를 해. 양아치 기질 버려. 동영아. 너 그러다가 진짜 큰일 난다.

"멍청한 애들이나 욕하는 거지. 말했어. 분명 플라토닉 러브라고."

"멍청한 애들 상처 주지 마."

"상처받는 애들이 이상한 거야."

"진짜 개새끼네."

함께 생활하던 나와 김동영은 맞는 것보다 맞지 않는 게 더 많았다. 감정은 식기 마련이고, 내 생활에 궁핍한 부조화도 사라졌기에 김동영의 배려나 애정을 비롯한 사랑이 금방 시시해졌다. 다행인 점은 김동영의 의대 입학 소식을 전해들은 부모님이 마음을 풀고 집에 들어오길 희망하셨으나, 김동영이 나를 부모님께 소개시키는 바람에 제자리걸음이 됐다는 점이다. 다행인 게 맞나? 똑똑하고 멍청하다. 김동영은 나를 지키는 방법이라고 말했다. 그냥 자기가 살고 싶은 대로 사는 것에 나를 이용한 거면서도 그랬다. 우린 서로를 이해하지 못한다. 날이 갈수록 그랬다. 그래서 그냥 군대를 갔다. 동영아 나, 갔다 올게 한마디 하고 국방의 의무를 다했다. 웬만하면 휴가도 나오지 않았다. 어쩌다 한 번씩 근처 피씨방에서 하루 종일 물풍선 터트리는 게임이나 하다 복귀했다. 김동영을 만나고 싶다는 생각조차 들지 않았다. 굳이? 글이나 쓰라며 나를 방 안에 앉혀두고 독서실에서 밤을 새던 김동영. 내 생일도 기억하지 못하던 김동영. 서로를 소중하다 여겨 재롱떨던 시간은 그저 과거일 뿐, 시간의 변화에 따라 인간 또한 영원하진 못했다. 영원을 발음한다. 영원. 영원하길 기도하는 무언가는 영원한 경우가 없다. 영원할 것이라 믿었던 것. 영원하길 빌었던 모든 것. 영원을 위해 기도를 할까.

김동영이 의사가 된 후에도 달라지는 건 없었다. 김동영에게 관심받기 위해 매일 병원에 찾아가면 김동영은 이 주치 처방전을 내민다. 적당히 오면 안 되냐고 말한다. 내 공황장애를 진단한 사람이 할 소리는 아니었다. 야, 너는 진짜 정신과 의사 할 자격이 없어. 너나 종석이 아빠나 다를 게 뭐냐? 김동영, 듣고 있어?

"요즘 글은 쓰냐?"

"이제 내가 식충이같이 집에서 뒹구니까 기분 나쁘냐?"

화가 치민다. 진료실 문을 박차고 나간다. 데스크에서 들리는 처방전을 받아가라는 이야기를 뒤로한 채 택시를 탄다. 속이 답답해 창문을 연다. 괜찮아졌다 생각했는데 괜찮지 않다. 엄마는 잘 살고 있으려나? 또 내 이기심에 치를 떤다. 나는 내가 급할 때만 엄마를 찾는 사람이니까. 당연하지 않은 호의에 사랑이란 구실을 덧붙이는 사람이니까. 나는 이기주의자니까. 우선 내가 살아야 하니까.

처방받아 놓고 먹지도 않는 약 위로 먼지가 쌓인다. 봉지를 뜯는다. 물도 없이 목구멍으로 넘긴다. 살짝 녹아내린 약이 쓰다. 차가운 방바닥에 드러누워 탁 트인 천장을 들여다보고 있으면 현관문이 열린다. 강아지처럼 쫄래쫄래 현관 앞으로 달려나가 김동영을 반기는 짓은 하지 않는다. 그래 봤자 마음 떴는데 뭘. 밉보이지만 않게 살살 굴려내면 충분히 붙어살 수 있다. 물론 내가 원하는 건 그런 게 아니다. 김동영 옆에 딱 붙어서 사랑받고 싶다. 밥은 먹었냐? 잠은 잘 잤냐? 그런 유치한 소통을 바란다. 뭐가 문제야? 물어도 답이 없다. 뭐가 문제냐고 물었잖아. 물음에서 그친다.

"네가 그따위로 해도 나 여기서 안 나가."

벼르던 속마음이 드디어 입 밖으로 나간다.

"나 네 글 봤어."

"언제?"

"재밌냐, 너는?"

김동영이 웃는다. 웃겨서 웃는 게 아니고 화가 나서 웃는다. 내가 뭘 잘못했더라? 병원에 너무 자주 갔나? 하지만 글이랬잖아. 내 글이 뭐가 잘못됐지? 내 글.

동영에게.

"공황장애가 자랑이야?"

"뭐가 문제냐고?"

왜 사람 얘기를 마음대로 써? 내가 네 글 쓰랬지 내 글 써 달랬냐? 너 진짜 미쳤어? 누가 보면 어쩌려고 그래. 내 얘기 조금이라도 알고 있는 사람이 그거 보고 너 이렇게 살았었냐? 게이라서 쫓겨났냐? 너 진짜 게이냐? 물으면 네가 책임질 수 있어?

돌로 뒤통수를 맞은 기분이었다. 너, 지금 게이인 게 쪽팔려? 왜? 그럼 너, 나도 쪽팔려? 동영아. 고등학생 때 우리가 어떻게 친해졌는데. 같은 게이라서 아냐? 왜 갑자기 정체성을 부정하니? 동영아 너 미쳤니? 아니 미친 게 맞지.

"게이 행세하지 마. 바이 새끼가 뭘 안다고."

"뭐라 했어? 지금."

양성애자 새끼가 뭘 아냐고. 글이나 쓰라고 했더니 하루 종일 집에서 뒹굴고 있질 않나. 매일 병원에 찾아와서 시간 잡아먹질 않나. 글이 쓰기 싫으면 일을 해. 그렇게 방구석에 처박혀서 주제 파악 못 하니까 우울증에 걸리지. 공황장애다 우울증이다 하면 사람들이 불쌍하다고 다 봐줄 줄 알지? 내가 매일 보는 게 너 같은 사람들이야. 공통점이 뭔 줄 알아? 화를 낼 줄 몰라. 봐. 내가 이렇게 말해도 눈물만 흘리면서 소리도 못 지르는 거. 자기 화를 주체 못 하니까 우는 거지. 다 그래. 너처럼. 내가 씨발 왜 정신과 의사를 해서.

글 쓰라고 네가 그랬잖아. 내가 글쓰기 싫다고 했는데도 네가 해보라고 그랬잖아. 내가 중졸로 보호 시설 들어간다니까 네가 집으로 오라고 그랬잖아. 네가 짝꿍 하자고 그랬잖아. 김동영. 네가 그랬잖아. 전부. 내 탓이야? 왜? 왜 모든 게 내 탓이 돼?

고개를 숙인다. 화를 참지 못해 눈물을 흘린다는 김동영의 말이 맞다. 자신의 병을 무기로 남들에게 피해를 주는 사람은 되기 싫었는데 이미 그런 사람이 되었다는 사실이 참혹하다. 나는 이제 어떻게 해야 하지? 마치 시간이 되돌아간 기분이다. 그냥 그때 죽었어야 했는데.

애써 쌓아놓은 감정이 무너진다. 반복되는 상황이 지겹다. 고비만 넘기면 된다는 말이 우습다. 넘어야 고비지. 무너지면 그저 오르막길일 뿐인데. 손등으로 눈을 문지른다. 눈물이 입술에 고여 혀를 적신다. 짠맛이 혀끝에 퍼진다. 살아야겠다 생각이 들어서 살았는데 죽어야겠다는 생각이 든다. 죽어야겠다는 생각이

드는데 죽지 못한다.

김동영이 나를 껴안는다.

"넌 왜 이렇게 오래 아픈 거야?"

사람 마음이 참 갈대 같다. 죽네 사네 하다가도 그 말 한마디에 안도를 느낀다. 왜 이렇게 오래 아픈 거야? 왜 낫질 않는 거야? 뭐가 더 필요한 거야? 지금은 속상한 게 아니라 화가 나야 맞는 거잖아. 김동영의 체온이 옮겨 붙는다.

"살려줘."

호흡이 가지런해진다. 글 다 지울게. 내가 말하고. 아냐, 그냥 써. 김동영이 대답한다. 오르락내리락하는 감정에 웃음이 터진다. 동영아, 너 조울증 같아. 김동영도 웃는다. 공황장애보단 낫지 않냐? 서로를 걱정하는 말에 가시가 돋는다.

"동영아 종교 있어?"

"장난해?"

"나, 너 따라한 건데."

너, 환자들한테 매일 물어보잖아. 종교 있으세요? 네가 직접 들으니까 어때? 진심을 담아서 진료를 보란 말이야. 그 환자들이 전부 나라고 생각해. 너, 나 살리려고 정신과 의사 된 거잖아. 나를 못 살렸으니까 다른 사람들이라도 살려. 웃으면서.

"너 살아 있잖아."

"언제까지 살아 있을지 모르잖아."

"죽게?"

"그럴 수도 있고."

김동영이 고개를 끄덕인다. 그래. 그래도 여기서 죽진 마. 잠잘 때마다 무서울 것 같아. 나한테 원한 품고 죽지도 말고. 나는 최선을 다했으니까.

"죽지 말란 말은 안 해?"

“죽는다는 사람은 못 말리겠더라고.”

“또 누가 죽었어?”

“황종석.”

누굴 말하는 거야. 황종석? 종석이가 죽었다고? 장난치지 마. 걔 어디서 뭐하고 사는지도 모르는데 무슨. 진짜야? 너는 어떻게 알아? 왜 죽었대?

“내 환자야.”

“하필.”

“이제 병원 자주 와도 돼.”

걔 마주칠까봐 오지 말라고 그랬구나. 이제야 김동영의 진심을 깨닫는다. 아무렇지 않게 꺼내기엔 아직 다듬어지지 않은 기억이 남아 있다는 걸 알고 있다. 마음대로 꺼내오면 분명 덧날 기억일 걸 알고 있다. 김동영은 화를 내면서도 나를 걱정한다. 그래서 동영아, 종석이는 왜 죽었어?

"게이라서."

"네가?"

"의사 되고 몇 달 후에 찾아왔어."

"그걸 받아줬어?"

"의사가 환자 가려 받냐?"

어제 너 돌려보내고 장례식 연락받았어. 너한테 줬던 국화꽃 내가 갚아줬다. 내가 그걸 주게 될 줄이야. 자기도 게이래. 나 보자마자 그 소리 하더라. 처음엔 나도 웃겼어. 직업을 떠나서 난 과거를 다 알고 있으니까. 아빠가 어릴 때부터 성폭행을 했대. 나도 처음엔 못 믿었어. 안 믿은 건가? 대체 어느 아빠가 자기 아들을 성폭행하냐. 근데 진짜였나봐. 그러다가 널 알게 됐고. 네가 알고 보니 게이였고. 어쩌다보니 자기 아빠의 환자인 것도 알게 됐고. 자기가 빠져나오기 위해 자길 대신할 사람이 필요했겠지. 어렸으니까. 물론 그렇다고 너한테 한 행동이 용서되는 건 아니니까 용서하지 마. 어쨌거나 진짜 웃긴 세상이야.

"걔 얘기를 나한테 이렇게 막 해도 될까?"

"괜찮아."

"어쨌거나 네 환자인 남의 얘기잖아."

"종석이가 널 좋아했대."

이 상황이 대단하게 느껴졌다. 세상에 게이 참 많아 그렇지? 근데 자기가 게이라는 것에 떳떳한 사람은 극소수야. 왜일까? 언제부터 사랑이 권력이 됐지? 사연 들으니까 좀 애틋하네. 마지막까지 나한테 국화꽃 주던 미친놈이었는데, 이해할 수 있을 것도 같고.

"이 얘기 들으니까 죽기 싫다."

"그럼 사는 거지? 그러라고 얘기해준 거고."

간단했다. 죽고 싶으면 죽는 거고 살고 싶으면 사는 거였다. 동영아 나, 기자 해볼까? 진짜 기자 말고, 유사언론 그런 거. 요즘엔 언론 고시 없이도 잘만 하던데. 워낙 일자리가 많아져서 그런가. 글도 쓸 수 있잖아. 돈도 벌고 밖에 나가서 사람들도 좀 만나고 그럴까? 죽기 싫어졌어. 죽으면 또 종석이 만나지 않을까? 내가 기자가 되면 이런 얘기도 세상에 알릴 수 있지 않을까? 기자의 긍정적인 면만 나열한다. 김동영이 담뱃갑 찾느라 정신없을 때 구인구직 사이트에 들어간다. 융통성 있는 직원이 되겠습니다. 거창한 제목 달아놓고 자기소개서를 빙자한 소설을 쓰기 시작한다. 화목한 가정과 완만한 교우 관계로 즐거운 학창 생활을 보냈습니다. 입사 심사에 거짓말 탐지기가 있어야 하는 것은 아닌지 고민한다. 왜 사람들은 거짓임을 알면서도 넘어가주는지 의문이 생긴다. 들키지 않게 거짓을 말하면 된다. 들키지 않으면 상처받는 사람은 없으니까.

김동영이 사준 양복을 입고 모르는 사람들 틈에 앉아 질문에 답한다. 왜 우리 회사에 지원하셨나요? 뻔한 질문에 뻔한 답변을 내놓는다. 회사의 업무를 잘해낼 수 있다는 생각이 들어 지원하게 되었습니다. 기자가 어떤 일을 하는지 알고 있나요? 언론 고시도 없는 언론사에서 하는 질문은 그저 겉치레에 불과하다. 요즘 이슈가 된 문제에 대해서는 어떤 생각을 가지고 있나요?

전부 뻔한 질문 속에 합격을 하는 사람은 답변을 잘한 사람도 아니고, 스펙이 높은 사람도 아닌, 면접관이 들어왔을 때 일어나서 인사를 한 사람이라는 이야기를 듣고 이마를 짚는다.

김동영은 나를 걱정했다. 무슨 일을 해? 그것도 사람 상대하는 걸. 세상에서 사람 상대하는 게 제일 힘든 거야. 아무리 비위 맞춰줘도 어디로 튈지 모르니까. 꼭 하고 싶다면 말리진 않겠지만 내가 한 말이 신경 쓰인다거나 하는 이유면 진심 아니었어. 억지로 할 필요 없다는 뜻이야. 김동영은 나를 만류한다. 근데 동영아 기자는 사람이 아니라 글을 상대하는 직업인 걸.

김동영이 가지고 있는 직업. 그러니까 의사라는 직업은 그렇다. 타인의 죽음이 내 탓이 되곤 하니까. 종석이의 자살 이후 동영이는 유독 힘들어했다. 그래서 나를 말렸다. 혹시나 내가 죽기라도 할까봐.

"아냐, 일하는 것도 나름대로 재밌어. 세상일도 많이 알게 되고. 언젠가 우리 엄마 죽었다는 연락도 받을 수 있는데, 장례식 비용은 내가 번 돈으로 해야 할 것 같다는 생각이 들어서."

"네 생각이 그렇다면 그렇게 해야겠지만."

소문 팔던 성범이를 욕할 땐 언제고 이제 와서 소문팔이 하는 직업을 희망한 나. 과거를 청산하고 싶다는 욕구가 하루가 갈수록 강해진다. 매일 아침마다 업무 메신저로 주고받는 속보에 대한 기사를 써낸다. 관심도 없는 키워드를 뽑아 기계처럼 엠바고를 건다거나 실시간 검색어에 노출된 이슈를 모아 써내는 일. 딱히 스펙이랄 것도 필요 없고, 하고자 한다면 누구나 할 수 있는 일. 몸과 정신은 고단하지만 내가 할 수 있는 일. 성범이도 나처럼 할 수 있는 일을 했던 걸까. 자신이 처한 상황에서 할 수 있는 최선의 방법을 택했을지도 모른다고 생각하니 모든 걸 이해할 수 있게 됐다.

동영이가 몇 달째 집에 들어오지 않는다. 그 덕에 회사 직원들과 밖에서 저녁을 먹고 들어가거나 굶은 채 잠에 드는 날이 많아졌다. 눈을 떴을 때 2분이라도 동영이를 볼 수 있으면 그날은 운이 좋다고 말할 수 있을 정도였다. 나보다 일찍 나가고, 늦게 들어온다. 특이점은 부엌에 항상 약이 놓여 있다는 것. 일을 하는 나를 위해 김동영은 직접 내 약을 가져온다. 이번엔 약의 양이 좀 많았다. 조금 많은 수준이 아니었다. 약을 챙겨줄 시간조차 없어 대량으로 가져다둔 것 같았다.

자는 동안 청소라도 한 건지 어질러진 물건이 전부 제자리를 찾아갔다. 현관 앞 박스엔 책과 교복을 비롯한 물건들이 잔뜩 들어 있었다. 깨끗한 걸 좋아하는 김동영의 성격을 알기에 그대로 박스를 덮어 두었다. 아쉬운 것은 하나였다. 박스 안에 교복이 들어 있었다는 것. 박스를 열어 옷걸이에 걸린 교복을 꺼냈다. 김동영 세 글자가 박힌 교복에 미소가 지어졌다. 교복을 방문에 걸어두고 집을 나섰다. 출근 시간이 되기도 전에 울리는 메일함에 짜증이 솟았다. 다만, 오늘은 금요일. 기분 나쁜 일도 한 번쯤은 그냥 넘기기로 했다. 취업을 축하한다며 김동영이 선물한 승용차에 올라타 시동을 걸었다.

타 언론사 기자와 미팅이 있는 날이었다. 알람이 울리기도 전에 잠에서 깼고, 김동영이 차려둔 아침을 먹었고, 짜장이에게 밥을 주고, 김동영의 교복을 오랜만에 마주했다. 햇빛은 아스팔트 도로를 데웠고, 나는 노래를 들으며 미팅 장소로 향하고 있는, 결점 하나 없는 하루였다. *웃으라 하지 말아요. 잊으라 하지 말아요.* 슬픈 노래 가사까지 긍정적으로 느껴지는 시간이었다.

기자를 만나 명함을 주고받고 악수를 한 그 순간까진 완벽한 하루였다. 이번에 교회 목사가 신도를 성폭행했다는 사건 아시죠? 모퉁이에서 돌아가는 물레방아 소리에 목소리가 얹어졌다. 그게 왜요? 뜬금없는 질문에 대답하자 물을 한 모금 들이켠 기자가 말을 이었다.

"피해 여성의 아들 중 하나가 목사를 찌르고 자수했……."

곧장 자리에서 벗어났다. 시동을 걸고 김동영에게 전화를 걸었다. 고객님의 전화기가 꺼져 있어 소리샘으로 연결됩니다, 라는 문장을 반복해서 들었다. 혹시나 하는 감정이 무서운 이유는 실제로 일어날 수 있는 일을 부정으로 가정하는 것이기 때문이다.

클랙슨을 울렸다. 바퀴 구르는 소리만 가득하던 도로가 소란스러워졌다. 곧장 병원으로 향했다. 차를 대충 세워두고 데스크로 뛰었다. 김동영은요? 가지런하지 못한 호흡으로 말을 뱉었다. 동영이는요.

"김동영 선생님, 오늘 휴무신데요."

세상이 무너졌다. 세계가 무너졌다. 나는 김동영을 잘 알았다. 고등학교 때부터 그랬다. 김동영의 집을 처음 방문한 그날부터 알고 있었다. 이상할 정도로 텅 빈 집. 먼지 하나 없는 방. 그리고 오늘, 현관 앞에 놓여 있던 박스.

'얼마 전 기사 난 거 봤지?'

'기사가 한두 개여야지.'

'목사가 신도를 성폭행했다는 거.'

'봤지. 거봐, 신은 없다니까.'

'그거 우리 아빠다.'

비상계단 벽에 등을 기대고 주저앉았다. 답장 없는 핸드폰을 들여다봤다. 우는 소리가 온 계단에 울렸다. 달이 떴을 때가 되어서야 집으로 돌아갔다. 뜬눈으로 밤을 지새웠다. 팀장님의 욕설 섞인 문자에도 답장하지 않았다. 김동영은 소식이 없었다. 며칠이 지나니 짜장이가 울기 시작했다. 현관문 앞에서 방황하며 야옹야옹하고. 그 울음소리가 슬펐다. 운다고 달라지는 건 없었다. 메일함이 반복해서 울렸다.

성폭행 혐의 목사, 오전 3시경 친아들에 의해 사망.

단 한 가지 다행인 것은 김동영이 살아 있다는 것이었다. 메일로 전송된 기사 타이틀이 웃겼다. 김동영은 이렇게 생존 신고를 했다.

쏟아지는 뉴스를 확인하다 현관 옆에 방치된 박스를 뒤졌다. **짜라투스트라는 이렇게 말했다.** 반가운 책을 펼치니 사이에서 종이 하나가 떨어졌다. **좋아해.** 빛바랜 종이에 적힌 세 글자가 서러웠다. 나도. 조그맣게 적힌 두 글자에 기어이 눈물을 흘렸다. 울리는 핸드폰 알림에도 더 이상 초조하지 않았다. 김동영은 나를 처음 알게 된 날부터 그랬다. 미래에 대해 이야기한 적이 없었다. 꿈조차 이야기하지 않았다. 무엇하나 욕심내는 법이 없었다. 사랑받으려 애썼지만 사랑받지 못했다. 어쩌면 이전부터 김동영은 죽음을 준비하고 있었을지도 모른다. 김동영의 꿈이 정신과 의사로 결정되는 날 김동영은 구원받았다. 제 스스로를 구원했다. 박스 속 책과 교복, 향초와 메모는 버려질 것이 아니었다. 그것을 제외한 모든 것을 버려야 했다. 아무렴 상관없었다.

치료 중인 목사의 호흡기를 떼고 돌연 잠적한 남성, 한강 변두리서 사체로 발견.

김동영은 정의로웠다. 쓸데없는 정의였다. 강자에게 강하고 약자에겐 약한 면모가 그랬다. 우리는 고통받았고 우리는 사랑했고 우리는 영원하지 못했다. 사랑이라 불렀던 모든 감정이 소멸됐다. 집착과 소유는 진정한 사랑이 아니었다. 그러므로 우린 사랑을 했다.

동영이란 이름이 선명하게 찍힌 문자 메시지를 확인했다. 더 이상의 피해자가 생기는 걸 관망할 수 없었어. 김동영다운 멘트에 웃었고, 나중에 봐. 김동영다운 인사에 울었다. 마지막 네 글자에 담긴 기약을 믿을 수밖에 없었다. 죽으면 죽는 거지 뭐. 죽음을 대수롭지 않게 여겼던 김동영은 그렇게 나와의 미래를 기약했다. 죽음 앞엔 내가 있었다.

김동영이 남기고 간 약 봉지를 전부 뜯었다.
비극인 척하는 희극에는 남는 것이 없었다.

나는 나의 사랑을 하고, 너는 너의 사랑을 해야지. 우리는 그렇게 사랑해야지.

작가의 말

어릴 적에 관상어 몇 마리를 키운 적이 있었는데, 아침만 되면 거실 바닥엔 물고기의 사체가 널려 있었습니다. 물고기들은 새벽이 되면 수면 위로 튀어 올랐고 어른들은 그 광경을 보곤 어류의 무식에 대해 논쟁을 벌였습니다. 저는 그걸 자살이라 불렀고요. 정신적인 숨이 더 필요했던 이들이 택한 가장 합리적인 방법이었겠죠. 우리 이제는 죽지 말고 죽입시다. 남이 나를 죽이도록 내버려두지 마세요.

하고 싶은 일을 다 하고 살 수는 없더라도 할 수 있는 일은 다 하고 살자는 말을 내내 되뇌며 살았습니다. 하고 싶은 일에 지나지 않았던 일을 할 수 있도록 만들어주신 모든 분께 감사드립니다.

부디 두고두고 안온하세요. 동영합니다.

2020년

임태리

해설

눈 먼 사제들의 묵시록,
그 처절하고 눈부신 실존의 독백

박성현
시인

비극인 척하는 희극에는 남는 것이 없었다.

-『동영』 중에서

1

두말할 것도 없이, 세계는 우리에게 자기 자신의 모든 것을 보여준다. 이때 '모든 것'이란, 대상(혹은 '사물')에 내포된 현실화의 가능성 전부를 포함하는 바, 특히 소설가는 이 '세계'에 자신을 투영함으로써 명징한 형상과 무게, 밀도와 강도를 지닌 대상들의 유연한 가능성들을 문장으로 일으켜 세운다. 다시 말해 그는 세계의 나타남을 삶의 필연적 도래로써, 촘촘한 인과의 개진과 표현으로 내면화하면서 동시에 이 현상들의 유일한 출처로서 자기 자신을 이끌어낸다.

그런데 세계와 작가의, 이 필연적이고 확고부동한 관계는 또 다른 문제들을 파생한다. 그가 담아내고 소묘한 풍경은 세계가 능

동적으로 자신을 개진하는, 무한에 가까운 삶의 다양성일 것인데, 과연 그는 왜 다른 것도 아닌 바로 '그것'을, 움켜쥐고 세밀하게 살펴보고 해석하며 예측하고 확인하는 것일까. 또한 무엇보다 세계는, 작가의 독특한 문장이 생성되고, 그의 인물들에게 배속된 감정과 사유, 행위가 그 농밀한 빛을 얻게 되는 유일한 장소라는 것은 변함이 없을 것인데 그가 계시하는 소설의 가시성들은 왜 '가시성으로서' 확정되지 않고 끊임없이 그 '너머'를 지향하는 것일까. 도대체 '세계'를 응시하고 투사하는 작가는 어떤 표정을 짓고 있을까.

해답은 의외로 단순명료하다. 작가는 자신의 실존적 장소인 이 '세계-속-에서' 감각적 질료를 얻고, 이를 문장에 투사하며 사유의 인과를 만들어냄으로써 세계를 대칭한다는 것인 바, 따라서 문장-이미지들의 축조한 세계는 물질적 속성을 가진 사실-세계로 재편되며 세계의 안쪽으로 들어선다. 이 안쪽이야말로 우리의 살과 뼈가 살아 꿈틀거리고 움직이는 생활의 구체적이고 생생한 '장소'이다. 물론, 이 질문들의 여백에서 우리는 임태리 소설가가 던지는 화두의 연결고리들을 찾을 수 있으며 사건의 고유한 출현이라는 소설적 숙명이 좀 더 완성된 형태로 우리에게 다가옴을 느낄 것이다.

작가에게, 그가 맞닥뜨린 세계는 가장 익숙하면서도 동시에 가장 낯선 곳이다. 왜냐하면, 야만과 동경이 그대로 투영되고, 삶의 방식으로서의 모든 가능성들이 문장 하나하나에 집중되면서 활로를 여는 장소이기 때문이다. 이를테면, 가족이라는 익숙한 공동체가 그 민낯을 드러내면서 가장 추악한 곳으로 변할 때, 자연 그 자체의 이형과 같은 이미지들이 일종의 주술로 변할 때 그는 바로 그 자리에서 세계의 이중성을 문장으로 증명한다. 그는 세계-속-에 있으면서, 그 '장소'들이 일으켜 세우는 사태들을 순수한 현상으로써 대면하거나 아니면 인과의 재배치를 통해 적극적으로 다른 의미와 가치를 찾아낸다. 이것이 우리가 소설의 문장을 통해 경험할 수 없었거나 하지 못했던 충격 체험 혹은 새로운 '경험'의 장으로 들어설 수 있는 이유다.

그런 의미에서 소설가에게 '세계'란, 그가 공포를 무릅쓰고서라도 싸워야 할 대상으로 다가오며, 끈질기게 살펴보고 집중하고 묘사하면서 그 과정들을 고스란히 받아내야 할 자기-극복의 첨예한 과정일 수밖에 없다. 때문에 세계와 소설가는 단 두 가지 사실만 마주하게 된다: '세계가 작가를 정복하거나, 작가가 세계를 이겨내거나.' 이 과정에서 우리는 미처 몰랐거나 외면했던 '숨겨진 것'들을 직시하게 되는데, 소설가가 만들어낸 그 수많은 표상들에서 우리는 우리에게 내재한 또 다른 자신을 꿈꾸고 받아들이게 된다는 말이다.

그러므로 임태리 소설의 문장은 철저하게 작가 자신이 맞닥뜨리고 싸워야 했던 내면의 기록이다. 눈 먼 사제들이 어둠 속에서

쏟아낸 묵시록이며, 작가가 감내했던 절대적 시간 속의 고통과 인내의 상흔이 고스란히 배어 있는 혈흔이다. 어쩌면 소설이기 이전에 내면의 은밀한 독백이자 소설이 완성되기까지 쓰고 지웠던 마음의 망설임일지 모른다. 따라서 그의 문장은 소설에 속한 것으로 받아들이기 전에 '파레시아'parrhesia라는 '진실-말하기'라는 고대 그리스의 명징한 철학적 통찰로써 이해해야 한다. 삶이 우리를 추동하는 온갖 수동적이고 '어쩔 수 없는' 행위들을 딛고 일어서는 혹은 그 처절하고 눈부신 실존의 독백과 같은. 그리고 여기서부터 우리의 『동영』 읽기는 시작될 것이다.

2

외견상 의식흐름의 형식을 취했음에도 불구하고 『동영』은 전반적으로 명징하다. 이 명징성은 작가가 그만큼 세계와의 싸움에서 적어도 자신의 포지션을 확실하게 잡았다는 뜻이다. 특히 인물들에 부여된 각각의 서사-흐름들이 세계를 대면했을 때 적확한 계열로 공명하고 존속할 수 있도록 만드는 배치와 구성의 힘 또한 탄탄하다. 그래서 『동영』의 문장은 철저하게 주인공인 '나'의 시각으로부터 출발하고 있다. 어쩌면 작가는 의도적으로 모든 문장을 '나'의 내면에서 시작하도록 한 것일지 모르겠다. '나'가 바라보고 받아들이며 느끼는 감각의 세계가 소설의 지배적 분위기와 정서, 그리고 플롯을 만들고 있다는 말이다.

작가는 이 '대칭'을 끈질기게 추적하면서도 파고들거나 물러설 때를 정확히 짚어낸다. 임태리는 '나'이면서도 동시에 '나'가 아닌 채로 작품 전체를 통할(統轄)하는 것. 여하튼 이 명징성이야말로 소설-문장이 시작되는 근본적인 내재성의 자리로써, 작품 전체의 아우라를 형성한다. 소설은 처음부터 인물의 내면을 펼쳐놓는다.

아주 이상한 일이다. 나는 힘들다고 말했다. 심장이 빨리 뛰고 숨이 잘 안 쉬어져요. 양손이 떨리고 불안하다니까요. 온갖 환자들이 줄지어 우는 소리를 내는 곳에선 나도 그저 한 명의 환자일 뿐이었다. 나와 같은 고통을 느끼는 사람들과 함께 있다고 해서 달라지는 건 없었다. 공감과 이해 같은 건 애초에 존재하지 않았다. 타인의 아픔 따위를 신경 쓸 겨를이 없었다. 나는 내가 중요했다. 그러나 나는 나조차도 신경 쓰지 못했다. 몸을 가만히 둘 수가 없었다. 그저 그 시간이 빨리 지나가기만을 기도했다. 종교 있어요? 아뇨. 숨이 막힌다. 목까지 차올라서. 아. 아아. 죽을 것 같다니까요.(8쪽)

작품의 발화자이자 시점이고 좌표인 '나'는 타인에 대한 공감과 이해가 애초부터 존재하지 않는 사람이라면서 자신을 솔직히 말하는 것이다. '나'는 결핍이고 부재이며 결여이자 소외라는 고백은 '나'의 직설적인 화법을 통해 정확히 우리에게 전달된다. 우리는 작품의 모든 문장이 사회화가 불가능한, 아니 사회화를 거부한 '나'의 환영이 투사된 것으로 읽게 되며, '나'의 시선 속에서 세계를 받아들이게 된다.

그러나 그와 동시에 '나'가 깨닫고 성찰한 인간관계의 핵심에 대해서도, 그 부드럽고 충격적이며 투명하기까지 한 '놀라움'이 고스란히 전달된다. 사건이 거의 마무리로 치닫는 후반부에서 '나'는 김동영을 온전히 받아들이는데, 그 이유는 '나'에 대한 김동영의 태도에서 찾을 수 있다. "내가 보고 싶어지면 돌아와. 그 말을 끝으로 김동영이 돌아섰다. 나와 함께 가자 말하지 않고, 나를 억지로 끌지 않고, 그저 혼자. 사랑한다는 사람을 내버려두고 혼자 돌아선다."(228쪽) '엄마가 했던 사랑', 그 소유욕을 넘어선 너무나 인간적인 사랑. 소설 『동영』이 사랑의 서사이고 어느 순간에 그 서사의 정체와 진위가 밝혀질 것이지만, 이처럼 침착하고 고요한 전율은 흔치 않다. 결핍과 부재와 결여와 소외는 확고부동한 삶에 대한 충만한 긍정으로 바뀐다. 인간으로서 살아간다는 것은 인간으로 사랑한다는 것과 동일하다.

'나'가 기대고 생활의 지표로 삼은 '김동영'도 마찬가지. 그는 자신의 정체성을 깨달았을 때부터 생래적인 욕망의 본능을 숨기지 않는다. 그의 자각은 사회적 통념과 인습에 맞서 싸울 강렬한 '의지'와 연결되며 주위의 시선에 아랑곳하지 않고 오로지 자기 자신에게 집중할 내면의 힘으로 확대된다. 나중에 다시 언급하겠지만, 김동영의 이러한 삶의 태도는 '나'에게만큼은 '자기-돌봄' 혹은 '자기-사랑'이라는 주제와 맞물리며 '나'가 지향할 성숙한 인간상으로 확정된다. 이에 대한 첫 번째 행동으로 김동영은 고등학교에 입학하고 같은 반 학생으로 배정된 '나'에게 특수한 코드를 심는다. 일종의 거리두기로 타자에 대한 자신만의 구획이다. "자기야 해야 아는 척해준다"는 식으로 말이다.

"해명해. 내가 네 돈 뺏은 거 아니라고. 나랑 안 사귄다고. 게이 아니라고 말해."

"내가 왜?"

내가 왜 그래야 되는데? 김동영의 말에 얼이 나갔다. 수군거리는 말소리가 지겹다. 야, 지금 재가 김동영 책에 침 뱉은 거 봤어? 소문은 새롭게 순환한다. 김동영이 내 어깨 잡은 건 아무도 못 봤나? 나한테 욕한 건 아무도 못 봤나, 안 봤나? 왜 모르는 척하지?

(중략)

나는 그날부터 사람을 믿지 않기로 했다. 한 가지 변한 건 있다. 자기야, 하고 부르면 응, 하고 대답하는 사람이 생겼다. 무슨 심리인지는 알 수 없었다. 이제 동영아 하면 대답도 안 한다는 게 팩트였다. 자기야 해야 아는 척해준다.(43~44쪽)

반면, 황종석은 김동영에 비해 턱없이 모자란 인물로 그려진다. 그는 김동영과 대척점에 설 수밖에 없는데, 조롱과 폭력으로 자신의 감정을 어긋나게 표현한다는 점에서 미숙한 인물이다. 김동영이 성적 소수자로서 자기를 발견하고 사랑했을 때, 황종석은 내면에 자리잡아버린 혼란과 공포로 자신의 아버지를 자신에게 고스란히 투사한다. 아버지에 대한 지나친 거부가 오히려 아버지와 자신을 대칭해버린 결과를 낳은 것.

훗날 그는 정신과 의사가 된 김동영을 찾아가 자신의 정체성과 그간의 일들을 털어놓지만 그럼에도 불구하고 그는 '나'와 '김동영' 둘 다에게 용서받지 못할 자로 남는다. 고등학교 졸업식장에서 황종석은 '나'에게 또 집적댄다. 중학교 시절부터 내내 괴롭혀오던 그 조롱과 폭력으로. 하지만 그 행동들의 뿌리는 이미 '나'에 의해 은밀하게 파악된 상황이다. 강한 부정은 강한 긍정과 접혀지고, 따라서 헤테로hetero라 믿었던 황종석의 '나'에 대한 도 넘은 집착은 오히려 자신의 성적 정체성에 대한 일종의 유아기 같은 표현이다. '나'의 동물적 감각은 그것을 모를 리 없다. '나'는 황종석의 죽음에 대해서 약간의 동요는 있었지만 무덤덤하다. '나'는 김동영이 말하는 황종석의 이야기를 들은 후 이렇게 말한다. "사연 들으니까 좀 애틋하네. 마지막까지 나한테 국화꽃 주던 미친놈이었는데, 이해할 수 있을 것도 같고."(260쪽). 여기서 '이해'란 황종석의 폭력적 성향과 유별난 집착일 것이다. 그러나 황종석의 자리는 김동영의 맞은편일 뿐, 더 이상의 의미는 없다. 이것이 김동영의 죽음을 추모하는 작품의 전반적인 분위기와는 달리 황종석의 죽음이 단순한 일화처럼 삽입된 이유일 것이다.

웬일로 반갑게 얼굴을 마주한다 싶더니 보랏빛 입술이 움직인다. 왜 연락 안 받아 씨발아. 그렇게 말하는 입술과 손에 들린 꽃이 절묘하다. 흰 국화가 손에 닿는다. 졸업식에서 뒈지고 싶니? 그렇게 말하는 종석이에게 꽃 고마워. 대답하고 등을 돌린다. 졸업식에서 뒈지고 싶냐니 멍청하고 유치한 발언이다. 패딩으로 서열 정하는 중학교 때라면 바들바들 떨며 종석아 햄버거 사줄까? 하고 꾸깃한 오천 원 상납이나 했겠지만.

"니 새끼 이제 소문 다 나니까 무서운 게 없지?"

"종석아."

"게이 새끼 불쌍해서 좀 봐줬더니."

"봐준 건 나지."

종석이의 미간이 찌푸려진다. 누가 누굴 봐줘? 종석이는 그렇다. 본인과 다르면 다 이상한 줄 안다. 게이. 사회적으로 매장당해야 하는 최하위층. 여자를 좋아하는 본인은 아주 고귀하고 대단한 사람이라고 생각하는 것 같다.

"게이도 아닌 게 왜 까불어?"

동영이었다.

저도 모르게 귀를 기울이던 구경꾼들의 호흡 소리가 멈췄다. 김동영이 게이라는 게 진짜였나 보네. 강당을 채우는 목소리가 울렸다. 종석이의 얼굴에 피가 돌았다. 우리나라 게이 존나 많네. 그렇게 말하곤 내 손에 들린 흰 국화를 뺏었다. 국화는 땅으로 떨어졌다. 하얀 꽃잎이 신발 밑창에 밟혀 까맣게 물들었다. 강자에게 약한 면모는 변한 것이 없었다. 지켜보던 성범이도 그렇고 소문을 들고 나르던 애들의 표정이 볼만했다. 진짜일 리 몰랐겠지. 확신하진 않았겠지. 현실을 직면한 그들은 원하던 이야기에도 웃지 못했다. 상대는 김동영. 즐거워하되, 즐기지 않는다.(246~248쪽)

이처럼 '나'와 김동영, 황종석의 관계는 명확하다. '나'를 중심에 두고 김동영은 성숙한 사랑의 모델로서 우리가 받아들이고 도달해야 할 지향점으로 설정되어 있지만, 황종석은 미숙한 모델에 불과해 우리가 단연 거부해야 할 인물로 그려졌다. 천사와 악마의 이미지로 완전히 나뉘는 그 두 인물은 죽음을 대면할 때조차도 상반된다. 어릴 적 아버지에게 성폭력을 당한 유년의 황종석은 어른이 되어서도 그 굴레를 벗어나지 못한다. 김동영에게 상담을 받고서도 그가 선택할 길은 오로지 자살뿐이다. 그는 김동영에게 자신의 모든 것을 말하고서, 심지어 '나'를 좋아하기까지 했다는 이율배반도 숨기지 않고서 죽는다. 그의 죽음은 자신의 삶으로부터의 도피다. 이것은 정의가 아니다.

반면 김동영은 목사인 아버지가 신도를 성폭행했다는 사실을 목도하고, 아버지를 죽일 결심을 한다. 김동영은 아주 깔끔하게

'부친-살해'를 실행에 옮겼으며, 자신의 손으로 아버지가 만들어놓은 굴레를 폭파시켜버렸다. 오이디푸스의 살인은 순전히 운명이었고 자기도 상대방이 누군지 모르는 상태에서 자행된 것이라면, 김동영은 자신의 의지로 그것도 상대방을 명확히 인식한 상태에서 호흡기를 뗀 것이다. "더 이상의 피해자가 생기는 걸 관망할 수 없었"다는 선명한 이유도 있다. 여기서 '정의'라는 단어가 등장하는데, 황종석의 죽음과는 그 무게가 다르다.

치료 중인 목사의 호흡기를 떼고 돌연 잠적한 남성, 한강 변두리서 사체로 발견.

김동영은 정의로웠다. 쓸데없는 정의였다. 강자에게 강하고 약자에겐 약한 면모가 그랬다. 우리는 고통받았고 우리는 사랑했고 우리는 영원하지 못했다. 사랑이라 불렀던 모든 감정이 소멸됐다. 집착과 소유는 진정한 사랑이 아니었다. 그러므로 우린 사랑을 했다.

동영이란 이름이 선명하게 찍힌 문자 메시지를 확인했다. 더 이상의 피해자가 생기는 걸 관망할 수 없었어. 김동영다운 멘트에 웃었고, 나중에 봐. 김동영다운 인사에 울었다. 마지막 네 글자에 담긴 기약을 믿을 수밖에 없었다. 죽으면 죽는 거지 뭐. 죽음을 대수롭지 않게 여겼던 김동영은 그렇게 나와의 미래를 기약했다. 죽음 앞엔 내가 있었다.(267~268쪽)

세 인물의 관계 구조와 더불어 한 가지 더 살펴야 할 게 있다. 김동영과 황종석은 '나'의 자기-분열적 존재들로도 확대할 수 있다. 작품 내내 자신의 성적 정체성을 양성애로 밝힌 '나'는, 그런 이유로 이중의 선명함을 가진 인물이다. '나'는 확고하게 "내 선택지는 단 두 개였다. 죽을 것이냐. 죽일 것이냐."(50쪽)라고 말한다(이것은 묘하게도 세계와 소설가의 숙명적인 마주침과 대칭된다. '세계가 작가를 정복하거나, 작가가 세계를 이겨내거나.').

하지만, 양성애라는 단어가 알레고리로 쓰인다면, 분명 '나'의 양성애는 성숙과 미성숙을 포용하며 넘나드는 또 다른 사랑의 상징을 갖게 된다. 굳이 '나'가 양성애자임을 숨기지 않았던 까닭이 여기에 있지 않았을까.

3

이로써 '나'와 김동영이 취하는 삶에 대한 태도는 온전히 설명된다. 그들은 자신의 정체성을 의심하지 않으며, 그렇다고 숨겨야 할 것, 혹은 부끄러운 것으로 폄훼하지도 않는다. 물론 그 정체성을 이종의 것으로, 교정되어야 할 것으로 받아들인다면 소설의 문장은 전반적으로 인물의 뒤로 물러서며 또 하나의 수동적 모호함을 만들어낼 것이지만, 그의 인물들은 자신을 적극적으로 표현한다.

얼핏 보면 『동영』은 고등학교에 입학한 '나'와 같은 또래인 '김동영', '황종석', '조성범'의 관계를 적극적으로 그리면서 이들의

'성장통'을 다루고 있다는 점에서 일군의 청소년 소설 범주에 넣을 수 있겠다. 그러나 이와 같은 범주 구분에서 임태리의 소설은 등장인물들이 청소년을 거쳐 성인이 된다는 '성장'이라는 보편적 전개 과정만 공유될 뿐, 통상 구체적으로 다루어지는 주제나 내용, 사건을 비롯해 인물들의 성격이나 행동 등은 교집(交集)되는 바가 거의 없다.

통상 우리나라 청소년 성장 소설의 주류는 첫째 '성(性)과 죽음에 대한 눈뜸', 둘째 '어른 세계의 악과 환멸의 체험', 셋째 '아버지 찾기' 혹은 '정체성(길)의 발견' 등 세 가지로 요약된다. 그리고 그 과정은 성장 체험이 주는 시련과 도움 그리고 정체성 찾기에 집중된다. 그들은 자신의 전인적 성장을 위해 시련을 겪어야 하며 그 과정에서 누군가의 도움을 받고, 좀 더 긍정적인 가치를 찾게 된다는 것이 이들 소설이 가진 전형적인 플롯이다.

하지만 임태리의 『동영』은 특이하게도 성장 소설의 일반적 경향성이 발견되지 않는다. 소설의 등장인물들은 자신의 삶이 어디서 오고, 어디로 가며, 어떤 이유로 그렇게 흐르는지에 관심이 없다. 이를테면, 등장인물들의 성장기에 나타나는, 보통의 청소년들이 겪는 자기 소외나 소외를 딛고 일어서는 자기 확신(혹은 '긍정')은 물론 성숙한 자로 들어서는 필수 관문인 상실, 실연, 비관, 울분 등을 다루지 않고 있다.

게다가 따뜻한 가족주의라는 부르주아적 판타지도, 가부장 제도를 타파하려는 계몽도, 거기에 수반되는 그 흔한 사랑의 말들도 없다. '나'와 '김동영', '황종석' 등 소설의 서사를 이끌어가는 세 명의 관계는 전통 사회가 허용하는 범위를 뛰어넘었고, 그렇다고 자신의 성적 정체성을 자각해서, 사회의 다양한 성적 가치관의 긍정을 요구하는 일종의 계몽과는 전혀 맥락이 닿지 않았다. 이러한 이유로 『동영』은 청소년 소설의 궤도와 문법을 일찌감치 일탈한 소설로 봐야 할 것이다.

그런데 그렇다고 해서, 임태리의 소설을 '장르소설'이라는 협소한 좌표로 한정할 수도 없다. 왜냐하면, 『동영』은 지극히 예외적인 인물들의 내면에 집중하면서 그들의 삶에 대한 완벽한 무관심까지 포용하고 있으며, 이를 효과적으로 표현해내기 위해 작가는 과감하게 문장과 의식의 자동기술법을 활용하고 있기 때문이다. 소설의 등장인물들은 오직 자신의 운명이 가리키는 방향을 고수하며 스스로 자신을 느끼고, 자신이 느낀 것들을 실천한다. 그들의 내면에 웅크린 욕망이 바로 자신의 행동을 여는 열쇠다. 성적 정체성은 교정의 대상이 아니며 오히려 자신의 육체-속-에서 표현되어야 할 당연한 징후들이 아닐까. 소설의 등장인물들이 겪은 성장통은 오히려 이점을 명확히 하며 자신의 사랑을 표현한다.

집착하여 소유하려는 것의 전제는 늘 사랑. 우리는 그걸 가짜 사랑이라 불렀다. 가짜 사랑. 가족관계증명서를 찢는다. 잠깐이나마 함께였던 가족이란 명분을 지운다. 집착하지 않고 소유하지 않는 사랑. 어쩌면 작별이라 부른다. 함께 살아가다 혼자 돌아가는 사랑. 그것은 집착이 아닌 작별을 전제로 한 사랑이다.

나는 나의 사랑을 하고, 너는 너의 사랑을 하고, 당신은 당신의 사랑을 해야지. 우리는 그렇게 사랑하고. 그렇게 살아가야지. 사랑의 한계는 어디에서든 존재하니까. 사랑을 구원이라 부르던 세상을 멸시한다. 어느 곳에서도 분명 구원은 존재한다. 구원의 다른 말. 사랑이라 부른다. 나는 나를 위해 살아야지. 원망이란 단어를 흘려보낸다.(230쪽)

'가족-공동체'로 묶인 사랑은, 그 윤리적 의미와는 다르게 '집착하여 소유하려는' 관계의 다른 말일지 모른다. 앞으로 살펴보겠지만, 가족이란 '나'와 '김동영', '황종석'이 공통적으로 겪었던 실존의 공포와 분노, 폐허였다. 그들이 '가족관계증명서를 찢는' 것은 가짜 사랑임을 자신의 경험으로 확인했기 때문이다. 이와 동시에 그들은 "집착하지 않고 소유하지 않는 사랑"이 무엇인지를 갈망하기 시작한다. 그것은 "작별을 전제로 한 사랑"이며, "함께 살아가다 혼자 돌아가는 사랑"이다. 이로써 '나'는 그 사랑이 구원일 수밖에 없다는 것을 깨닫게 된다.

공동체의 윤리에 포획되지도 또한 강요받지도 않은 사랑이, 다시 말해 자신의 실존에 충실한 사랑이 21세기가 우리에게 요청한 사랑일까. 이를 증명하듯 '나'와 '김동영'은 사랑을 "나는 나의 사랑을 하고, 너는 너의 사랑을 하고, 당신은 당신의 사랑을 해야" 하는 것으로 규정한다. 그리고 "나는 나를 위해 살" 때, 원망은 사라지고 구원이 다가온다고 믿는다. 물론 그것이 양성애이든 동성애이든, 혹은 이성애이든 상관없을 것이다.

그러므로 『동영』이 딛고 선 자리는 우리나라 소설의 또 다른 이면이자 낯선 풍경이다. 동시에 '나'의 의지가 자신의 완벽한 모델인 '김동영'으로 기울어지고 투사되는 과정의 기록이다. "사랑을 인정했으나 어떠한 관계는 아닌 사람"(248쪽)으로 요약되는 두 인물의 사랑은 세상에 던져진 단독자로서 자신의 삶을 완성한다. 여기서 연애는 부수적이다. 왜냐하면, 타인에 대한 공감과 이해가 애초에 존재하지 않았던 '나'는 김동영과의 관계를 통해 결핍을 '충만'으로, 결여를 '충족'으로, 부재를 '있음'으로, 소외를 '행복'으로 바꿔놓았기 때문이다. 여기서 '나'와 김동영의 관계는 "내 세상에는 단둘. 나와 김동영만이 존재한다."(244쪽)라는 절대적 고독과 실존의 자기-확신으로 집약되며, "오해를 푸는 방식은 모두가 다르다. 나는 모순을 사랑해서 혼자 하는 오해와 우울의 시간조차도 사랑한다. 우울이 없으면 죽어가는 느낌. 다가올 우울을 대비해서 미리 우울함을 지속하는 것. 그렇게 살아왔고 그게 익숙하니까. 익숙한 것을 좇아가는 건 누구나 같으니까."(243쪽)와 같은 '모순-속-에서' 타자를 받아들이는 사랑으로 완성된다.

4

우리가 이 소설에서 주목해야 할 부분이 또 있다. 그것은 서술의 문제이지만, 사실 작품 전체의 분위기를 관통하는 핵심이기도 하다. 우리는 『동영』을 읽으면서 인물들의 관계가 '연애'보다는 '어떻게 살아갈 것인가'에 초점이 맞춰져 있는 것을 알게 된다. 이를테면, '나'의 시선은 항상 김동영으로 향하고 있지만 그와의 연애는 서술되지 않는다. 특히 달콤한 감정은 절제되어 있으며 어떤 측면에서는 화자가 이를 '경계한다'고까지 말해도 틀리지 않을 정도다.

엄밀히 말해, 인물들이 관계를 맺는 '사랑'은 연애가 아니며 삶의 지향 혹은 윤리에 가깝다. 김동영과 황종석은 인간의 상식으로는 도저히 받아들일 수 없는 유년기를 보냈으며 '나' 또한 심각한 가정폭력에 시달려 삶의 의미를 찾지 못하는 상황에 처해 있었다. 따라서 우리는 이들 세 인물의 공통점을 다음과 같이 찾을 수 있다. 첫째, 그들 모두 '아버지'의 존재를 절대적으로 부정하고 있으며 둘째, 심각할 정도로 '죽음'에 노출되어 있다. 셋째, 사회의 통념과는 다른 성적 정체성을 갖고 있다. 마지막으로 반(反) 사회적 성향이 무방비하게 드러난다. 그러나 그것뿐이다. 그들, 특히 '나'와 김동영은 자신의 삶에 집중하고 자신이 말하는 내면의 목소리에 귀를 기울인다. 김동영은 김동영의 삶을 살고, '나'는 나의 삶을 산다. 그러한 윤리는 특이하게도 '타인을 허락하지 않는 방식'으로 이뤄지는데, 후에 "나는 나의 사랑을 하고, 너는 너의 사랑을 해야지. 우리는 그렇게 사랑해야지."(268쪽)라는 유언과 같은 아포리즘으로 완성된다. 작가가 의도적으로 '니체'를 언급한 이유도 여기에 있다.

'나'의 글쓰기는 오로지 자신에게 기울어짐으로써 가능했다. "매일이 똑같이 반복된다. 나는 굉장히 크고 대단한 존재란 배움이 시시해진다. 고작 지구 속 먼지. 동영이가 사준 가방이나 메고 형식적으로 학교와 집을 왕복하는 영양가 없는 생물"(206쪽)이지만, 글을 씀으로 하여, 이 비루한 고독과 실존을 벗어날 수 있는 것이다.

밤이 되면 글이 쓰고 싶어진다. 꼭 미치광이 같다. 머리에서 막. 막. 막. 그래. 글이 굴러다니는 것 같다. 대사도, 지문도. 동사. 조사. 부사. 명사까지 혈관 곳곳을 휘젓는다.(13~14쪽)

잘 해줘도 뭐라 한다. 근데 못 해줘도 뭐라 한다. 맞춰줄 장단이 없다. 내가 약을 잘 먹었을 때만 내 이름 불러준다. 이건 비밀이지만 글을 쓸 땐 약을 전부 버린다. 약을 먹으면 글이 안 써지니까. 생각이 났다가도 노트북만 켜면 생각이 다 사라지니까. 생각해보니 약은 뇌한테 아무것도 하지 말라고 명령하면서 내 정신세계를 정지시키는 물체 같았다.(18쪽)

내 주머니에서 나온 돈이 아닌데도 나는 화를 냈고 그런 나를 보며 김동영은 웃었다. 그리고 한다는 말이 더 우스웠다. 너, 글 써보지 않을래? 글이라는 단어가 허공에 던져진 순간부터 심장이 요동쳤다. 글 쓰는 사람이 되고 싶었던 나. 글 쓰는 사람이 되기 싫었던 나. 글밖에 쓸 줄 몰랐던 나. 신물이 목을 타고 역류했다.(190쪽)

글쓰기는 적어도 '나'에게는 숙명이자 필연이다. "너, 글 써보지 않을래?"라는 김동영의 권유로 촉발된 것이지만, 그것이 아니더라도 글쓰기는 '나'의 인생에 새로운 활로를 줄 것이었다. 그러한 사실을 '나'는 본능적으로 알았다. 혈관 곳곳을 휘젓고 다니는, 활화산과도 같은 문장들의 흐름. 때문에 '나'는 글을 쓸 때만큼은 먹던 약까지 전부 버릴 수밖에 없는 것. 글을 쓸 때 '나'는 비로소 자신과 단절되고 오로지 자신으로 집중하게 된다.

이런 '나'의 태도는 '사랑'이 아니고서는 설명할 수 없다. 아니다. '사랑'을 '구원'으로 바꾸자. 이런 '나'의 태도는 '구원'이 아니고서는 설명되지 않는다. 그렇다. 글에 대한 '나'의 욕망은, 자신에 대한 사랑이고 구원이다. 그리고 첫 번째 작품의 주인공은 '동영'이다; "나는 아무것도 쓰지 않은 새 문서를 저장한다. 파일 이름도 따로 없다. 제목은 1. 글을 쓰기로 다짐한 후 정해진 것은 단 하나. 주인공의 이름은 동영이다." 이 작품에 수식되는 모호하지만 뚜렷하고 막연하면서도 명확한 세계는 '동영'이라는 이름에서 파생된 것이다. 동영의 실체가 있는지, 있다면 누구인지 우리가 알 필요는 없다. 왜냐하면 '동영'은 작가가 설정한 명백한 이념이자 도달해야 할 장소이기 때문이다. 작가가 대면하는 모든 실존은 동영에서 나가고 다시 동영으로 회귀한다. 그러므로 소설 『동영』은 "제 스스로를 구원했다."(267쪽)라는 문장으로 요약되는 자기 자신에 대한 진실-말하기, 곧 '파레시아'parrhesia다.(*)

* 해설을 쓴 박성현 시인은 2009년 중앙일보로 등단하였고, 시집으로 『유쾌한 회전목마의 서랍』이 있다.

장편소설

동영 – 사랑밖에 난 몰라

1판 1쇄 인쇄	2020년 2월 10일
1판 1쇄 발행	2020년 2월 20일
지은이	임태리
발행인	윤미소
발행처	(주)달아실출판사
편 집	박제영
디자인	전형근
마케팅	배상휘
법률자문	김용진
주소	강원도 춘천시 춘천로17번길 37. 1층
전화	033-241-7661
팩스	033-241-7662
이메일	dalasilmoongo@naver.com
출판등록	2016년 12월 30일 제494호

ISBN 979-11-88710-61-4

* 이 도서의 국립중앙도서관 출판예정도서목록(CIP)은 서지정보유통지원시스템 홈페이지 (http://seoji.nl.go.kr)와 국가자료공동목록시스템(http://www.nl.go.kr/kolisnet)에서 이용하실 수 있습니다.(CIP제어번호 : CIP2020003809)
* 잘못된 책은 구입한 곳에서 바꿔드립니다.
* 책값은 뒤표지에 표시되어 있습니다.